小香咕新传

花蕾女孩和刺头女孩

秦文君 著

接力出版社
Publishing House

嗨！我是小香咕，好久不见啦！看到我的新发型了吗？我的衣服漂不漂亮？我遇上很多新鲜又好玩的事儿呢，想看看吗？

香咕:

她很爱一条名叫沙沙的小路，它在僻静的小树林里，要走到树与树的中间才能看见呢，它很像一条安静的伏卧着的小蛇。香咕喜欢和小路沙沙说悄悄话，当它是好朋友，谁说不能和一条漂亮的小路交朋友呢？这一天有好消息，妈妈带话来了，是写在纸条上的呢，妈妈说："香咕，打开你的心，去做勇敢的孩子。"

何　桑：

　　去打听一下吧，知道这一带的小孩最怕谁吗？不害怕大盗，也不害怕骗子，因为看见这样的人可以马上报警，打110呀，但是如果旁边住着一个邻居，她骂脏话，吐口水，扬刀片，坏点子多得不得了，天天惹事，做很多让人想叫"救命"的坏事情，对这样的人却不能报警，只因为她也是小孩呀。这可怕的邻居不是别人，就是何桑，她居然住到香咕家里来了。

刁莉莉：

　　有一天，她头发上的那会闪出耀眼光芒的新头饰不见了。漂亮的新头饰失踪了，她当然心疼哪，她多爱美呀，每天都要打扮出一点新花样的。还有刁莉莉的妈妈是最仔细的，对钱财特别珍惜，哪怕是一枚普通的别针，她都会当成金贵的宝贝。有一次刁莉莉不小心碰掉了一点别针上的颜色，结果就遭到她妈妈的责怪，她妈妈觉得一枚别针可以用上好几年的。

香　拉：

　　她喜欢把自己的财宝东藏西藏的，藏得太隐秘了，连自己也想不起藏在哪个秘密的地方了。以前她就"报警"过很多次，说自己的八宝箱被小偷窃走了，等到大家帮她找到后，她还不认错呢，只说财宝是被偷了，后来小偷看见他们在追查，所以又送回来了。

外婆：

　　她会做十种滋味都不同的糕呢，这些糕多美，多喜庆呀，"糕"的谐音就是"高"呀，外婆讲究这些说法的。外公最知道外婆的心思，因为她是他的妻子，如果他不知道她的事情，外婆就会感到伤心的。

小张舅妈：

　　她是个聪明又好胜的人，她常常喜欢说马明舅舅有眼光，意思就是说谁娶了自己做妻子，就是一件最英明的事情。小张舅妈一向爱贪小便宜，贪了还不承认，到处说自己如果和马莎姨妈一样有钱的话，会很潇洒，很大方。

目 录

花蕾女孩和刺头女孩

下雪的日子，已近黄昏，小香咕还是抱着布娃娃出门了。

她很爱一条名叫沙沙的小路，它在僻静的小树林里，要走到树与树的中间才能看见呢，它小小的路面上镶着细巧的卵石，很像一条安静的俯卧着的小蛇。香咕喜欢和小路沙沙说悄悄话，当它是好朋友，谁说不能和一条漂亮的小路交朋友呢？

"好消息，我妈妈带话来了，是写在纸条上的呢。"小香咕告诉小路沙沙。

隔了一会儿，很美妙呀，积了一点点雪花的小路发出细碎的声音，沙沙，沙沙，沙沙。

小香咕快活地说："你有雪花陪伴，我有妈妈的消息，我们今天都很快乐呀。"

这个小姑娘心里藏着很多甜蜜的记忆，它们像初春里的小花蕾，蜷得小小的，紧紧的，把幸福藏在蕊中，等暖风吹来的时候才绽放一会儿呢。那些最好看的花蕾，都是和爸爸妈妈连在一起的：有一次英俊的爸爸扮成有魔法的巨人来追她和妈妈，爸爸多帅多有趣呀，他还披了黑披风呢。还有一次是在盛夏，香咕登上爸爸常常航行的大船，躺在甲板上看月亮，她搂着布娃娃小饭，妈妈搂着她，爸爸搂着妈妈，一家人挨得紧紧的，亲得像一个人，真温暖呀。

藏在小香咕心里的还有一个不大不小的花蕾：有一次妈妈站在街上亲香咕，亲了她左边的脸，还要亲右边的脸，亲了又亲呢。妈妈平时是很腼腆的，不愿意在街上亲香咕的，可是她太疼香咕了，爱得不行呢，这下街上的很多行人，还有路两边的小树，飞在很蓝很蓝天上的鸟儿都看见了，知道了。

　　香咕低头想着甜蜜的心事，快乐地沉浸着，这时候，耳边轰然而起的呜呜呜呜呜的巨大的声浪，好像平地刮起了龙卷风。那又猛又闷的怪声延续了一分钟，她的头都晕了，懵懵懂懂地以为自己在童话里，来了怪兽呢。等她都明白过来，那呜呜呜呜呜的声响却还不停下来。

　　是大块头何桑，她正用两只手捧着金光锃亮的乐器，鼓着胖胖的腮帮，对准香咕猛吹。

　　香咕惊慌地后退几步，站在一棵树下，说："吹呀，使劲吹呀。"

　　何桑笑了，这才放下手里的乐器，喘出了一口粗气，说："你快求饶，给我鞠躬我就放你一马，不然我真的可以一口气吹一小时。"

　　"想也别想，"小香咕说，"因为你想了也是白想。"

　　"你太可恶了，"何桑故意用两只脚交替踩着地上一片片黄黄的落叶，说："快看呀，你爸爸和它们一样，马上要死啦死啦的。"

"我不想和坏心肠的人说话，"香咕赶紧走开一点，她一边还嘱咐小路沙沙道，"你不要听何桑的，她说出的话都是刺，有时候和打预防针的针尖一样尖呢。"

"沙沙，沙沙，沙沙沙沙。"小路沙沙说。

小路沙沙说"沙沙"，就是赞同的意思，它最知道香咕的心思。

何桑真是香咕生活里的大刺头，她把香咕当成冤家对头，千方百计要和香咕过不去。何桑以前推搡过香咕，捉弄过香咕，现在又用难听的话刺她，诅咒她。

"你马上就是孤儿了，你爸爸死了会埋在烂泥堆里，变成骷髅，就是死人骨头了……"何桑还在哇哇叫。

何桑粗暴而刻薄的话深深伤到了香咕，爸爸是她最爱的人呀。香咕没法忍受那个何桑了，她什么也顾不上了，抓起一块大卵石就

去追何桑。何桑一边叫着："发疯了，神经病呀！"一边抱着她的乐器跑了，她真是猛逃猛逃的，脚下打滑也不在意了。

见何桑像老鼠那样逃走了，香咕松开手，把卵石砸在地上，悄悄地哭了起来。

天上还是下着纷纷扬扬的雪花，它们来自哪里？它们知道人间的忧愁吗？

唉，何桑是胡说八道，她不理会就是了，可惜香咕心里提心吊胆的，做噩梦梦见的，也是那么一件可怕的事情呀。何桑话里的刺扎得香咕真疼呀，香咕鼻子发酸，心都在哆嗦。

这是香咕心里藏着的最伤心的回忆，它们比木头上的小毛刺厉害多了，不光是毛毛的，还带着毒汁，扎在心里的滋味真是非常不好受呢。香咕的爸爸得了重病，都说是"白雪病"，香咕很想知道跟电视上说的白血病一样吗，妈妈和马莎姨妈不让她打听。香咕问外婆，外婆也不回答，摇摇头，叹息说："天下怎么有这种病呢。"

香咕真心疼爸爸呀。爸爸病得都拉不动手风琴了，可还有人在背后偷偷议论，说香咕的妈妈是个大美女，有钱的崔先生向她求过婚，谁让香咕的妈妈没答应，嫁给了香咕的海员爸爸，多可惜啊，要是她攀上了崔家这门贵亲，全家都跟着沾光呀。

花蕾女孩和刺头女孩

崔先生香咕也认得，还是老熟人呢，他家就住在边上的别墅里，常穿整洁的白色西装在小路沙沙附近散步，闻着树和花的味道。崔先生对香咕很慷慨，特别疼爱香咕，出差的时候让香咕帮他保管别墅的金钥匙，每次他送零食给孩子们吃，都交给小香咕来分，相信她是最公平的。但是香咕最爱的人是爸爸呀，她不要崔先生当爸爸，就要他当阔佬崔先生。

雪花还在飞扬，小香咕对着它们说："爸爸，我爸爸一定要好好的呀，他会活下去的。"

"沙沙，是是，"小路沙沙在说，"沙沙，是是。"

多令人欣慰的事情，那声音仿佛是风穿着树叶做的大裙子在飞跑，裙边拂上了草丛。

是小路沙沙在劝慰香咕呢，她默默地在心里念叨着妈妈纸条上的话，妈妈说得多好呀，妈妈说："香咕，打开你的心，去做勇敢的孩子。"

"好的，好的，妈妈，我要做勇敢的香咕。"香咕大声说，"我还是你们可爱的小天使呀！"

可是妈妈听不见，妈妈把香咕送到外婆家，难得来看香咕，她日日夜夜在医院里陪伴爸爸，有妈妈在身边照顾爸爸多好呀。香咕的爸爸说过妈妈是天使，香咕是小天使呀。

"沙沙，沙沙，沙沙沙沙。"

小路沙沙听见了，它在叫好呢。香咕快乐起来，觉得自己有力量了。小路沙沙没有叹息呢。香咕擦干眼泪，她想早点忘记何桑的话，她不想在记忆里留很多刺心的话，多留些小花蕾多好，经常能在心里开出花。

香咕回到外婆家，可是走进家门，心儿猛地跳起来，不会看走眼了吧？家里来了一个不速之客，他坐在沙发上，端着茶碗咕嘟咕嘟喝着，低着头，那脑袋的形状很像芋艿，扁扁的，他把喝进嘴里的茶叶嚼嚼又吐出来。

他抬起头来了，哎呀，哎呀，香咕发现自己没有看错，来的客人正是何老板，就是何桑的爸爸。

怎么是他呢，要是换了别人的爸爸来就好了。香咕懊恼地想。

去打听一下吧，知道这一带的小孩最怕谁吗？不害怕大盗，也不害怕骗子，因为看见坏人可以马上报警，打110呀，但是如果旁边上住着一个邻居，她骂脏话，吐口水，扬刀片，坏点子多得不得了，天天惹事，做很多让人想叫"救命"的坏事情，对这样的人却不能报警，只因为她也是小孩呀。

这可怕的邻居不是别人，她就是何桑。

何桑比香咕大三岁，高高壮壮，走路的时候最喜欢跺着脚跟，地上都会颤动，就像开过来一辆大卡车。她的力气大着呢，有一次她用结实的手臂推香咕，香咕噔噔地往

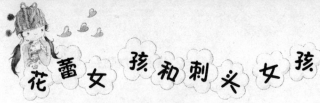

后退，一直退到墙根那儿。

何桑长着两道黑黑的眉毛，她不乐意的时候，黑眉毛就拧起来，像两条活的蜈蚣，她吃亏的时候更厉害，黑眉毛会立起来，像阿拉伯数字1，这时候她就拿出刀片来跟人算账。她有五把刀片，每一把都磨得很锋利，香咕见过何桑用刀片划男孩车大鹏的书包，一划就开了，像拉开拉链那么容易。前几天，何桑还扬言要用刀片割惹她生气的人，说这话时她的眼睛就看着小香咕。

何桑的爸爸何老板是开熟食店的，他烤出来的烤鸭跟他本人一样有名，胡骄姨夫特别喜欢他的手艺。现在他正在和香咕的外婆商量事情，他说："做生意这么多的麻烦事情……只能去外地开分店，差不多得半个月，过年前就回来。阿桑不能没人照料呀，她一个人我怎么放心呀，阿桑她妈那女人，我是指望不上的。您让阿桑和香咕她们做伴吧，您家四个女孩，也不多她一个，五个女孩就是五朵金花，在一起多热闹呀。"

"您说得好，五朵金花。"香咕的外婆说。

香咕的外公说："有个老电影就叫这名儿。"

香咕吓了一跳，前些日子何老板就提出让何桑来外婆家住一阵，那时只是说说呀，现在真的要这么做了。要是何桑住进来就麻烦了，以前她欺负香咕，香咕躲进家里就安全了，现在何桑住进来了，香咕躲都没地方躲了呀。

何老板说:"远亲不如近邻,您要帮我呀。十五天,一共就十五天,我保证。"

香咕的外婆说:"我能帮一定帮。"

"是很难呀,"香咕的外公说,"一会儿我们和马莎商量,别的都无所谓,就是孩子们住的地方比较挤,再加一个就转不开身子了。"

何桑来了,站在门口东张西望,她的脑瓜很好使的,能从外婆外公的口气里猜出他们的意思来,她走进门来,落落大方地向外婆行个礼,说:"香咕的外婆,您好呀,没事的,等到了您家,我天天来帮您干活。"

外婆很开心,她喜欢有礼貌的孩子,再说何桑有什么不好,外婆哪里知道。何桑在大人面前总是又热情又能干,嘴巴甜得像哈密瓜,她在背后才会骂骂咧咧呢。

外婆当着何桑爸爸的面表扬何桑,说:"教育得不错,是个好姑娘呀。"

何桑最爱听表扬,她上前搀扶香咕的外婆,还要给她捶背呢,好像外婆是她的亲外婆。

"让好姑娘住到我家来吧,"外婆感慨地说,"孩子们挤一挤会变得更友爱呢。"

"不行呀,不行呀,"香咕几乎叫出声来,她知道何桑有多可怕,多霸道,"不能答应她呀,不想和她挤在一起。"

这时，大表姐香露问："香咕，发生了什么事情？"

香咕把事情说了一遍，香露跳起来，她可领教过何桑的为人。

她说："走，我们去看看，何桑想住进我们家？哼，休想。"

"对呀，对呀。"胡马丽花说。

香露是家里的"老大"，她胆子最大，所以带领香咕她们从房间里走出来，四个人面对着何桑，紧绷着脸，意思是：我们也是不好惹的角色呀。

何桑没有瞪着眼睛打量她们，而是低着头。

"外婆，"香露说，"听说有人想住在我们家里？"

"对的，对的。"何桑接口说，还微笑呢，香露没想到她会那样，都不知怎么办了。

香咕的外婆说："香露，你们快来欢迎何桑，她要来我们家住上半个月，多难得呀。"

外公说："你们要好好相处。"

何桑满脸笑容，说："对呀，我早就盼望着这一天了。"

接着，何桑变得非常亲热，上前把香咕搂住，嘴巴凑在她耳边，声音压得很轻很轻地说："我想通了，一定要住进你们家，不能便宜了你。哼，你等着。"

"这个……"香咕说，"你大声些说，我没有听清楚。"

何桑才不会上当，她说："好话只说一遍。"

香露说："你们在叽咕什么呢?"

何桑对香露说："我让香咕听你的话。放心吧，如果香咕不听你的，我帮你打她二十大板，如果她敢还嘴，我就来当警察，我最会拉架了。"

香露眨巴着眼睛，讪讪地说："谁说要人拉架? 我们才不会吵架呢。"

香露没说别的，当着两家大人的面，她一定没想好怎么说。看何桑笑嘻嘻的，香露也不能板着脸，想好的厉害话说不出口来了。要知道，香露的外号叫"白雪公主"，谁见过白雪公主不顾礼貌，大声吆喝吗?

"你又不是我们家的人，"小表妹香拉气呼呼地推着何桑说，"走，走吧。"

香拉小，何桑不在乎她发火，还很宠爱她的，要上前抱她，不过香拉不要何桑抱，说："我不是六岁的娃娃了，我七岁了，是大孩子。"

"外婆，外婆，"香咕鼓足勇气说，"我想和你说几句话。"

"好的，好的，"外婆说，"一会儿吧，我正和客人说话呢。"

香咕心里干着急，因为她听见外婆已经在打听何桑的

饮食习惯了。大人说出去的话，要收回来也没那么容易是不是？

"多恐怖呀，"香咕自言自语，抱紧了布娃娃小饭说，"家里要来一个大刺头啦。"

香露，还有胡马丽花也感到很不安。

小表妹香拉跟她们不一样，她想到何桑很能吃的，说这样家里有了好吃的，就要多一个人分走一大份了，所以不能让何桑搬进来。她说："何桑笑话我爸爸长得矮。我想换崔先生来住，天天能给我们买零食吃，那样很开心。"

是呀，何桑是说过香拉的高个子妈妈和矮个子爸爸站在一起，像高低柜呢。

香咕她们赶紧打电话找马莎姨妈诉说，马莎姨妈马上乘着车跑来了，她和何桑父女打个招呼，就到大房间来了。

她轻轻地关上门，拉着香咕她们的手，说："好吧，好吧，我的小公主们，不要着急，慢慢说，跟我说说你们眼睛里看到的何桑吧。"

香露说："何桑烦死老百姓了，从她家窗口望出去看得见的草地、小路，她说都是她家的地盘，不许我们在草地玩，不许在小路沙沙上停留。她不想想，我们也可以说那些地方全是属于我们的呢。"

马莎姨妈说："没错，天空和大地都是大家的呀。"

胡马丽花也开口说话了，她跟香咕差不多大，是马莎姨妈的女儿，她说："何桑会抢走我好看的文具，还说是我孝敬她的，以前她就这么干过的。"

"真是很过分呀。"马莎姨妈说。

香拉说："何桑是怪人，她高兴了就抱我，抱得很紧的，像用绳子把我绑起来了，憋死人了；她生气了就把我一推，骂我没良心，不帮她说话。她还教我拧香咕，拧完了要多转几圈。"

"教你学坏的话，你可不能听呀，"马莎姨妈说，"香咕，你说说吧。"

香咕拍拍怀里的布娃娃，说："我的布娃娃小饭在发抖，它说何桑来了会虐待它的。马莎姨妈，何桑以前绑架过小饭，要把它当破布头擦地，还说要把它油炸了吃，当小菜呢。"

马莎姨妈听了笑起来了，说："何桑这样做，大家当然不喜欢和这个人在一起，可是她家遇上这样的情况，咱们不能眼看她一个人孤独地留在家里。我来和她谈谈，督促她改好一点，这样大家就能接受她了。"

"她不会改的。"香露说。

香咕说："听说她一天不做坏事很难过的。"

"对呀，改起来太麻烦，她一会儿就忘记了。"香拉说。

马莎姨妈叹了一口气，说："我都不知道说什么好了，把她推出去又觉得不忍心呢。"

沉默了一会儿，香露和香拉都说："好吧，就让她来吧。"

胡马丽花说："我随便。"

马莎姨妈说："是呀，一共就住半个月，时间并不长。你看呢，香咕？"

香咕看马莎姨妈这么犯愁，很心疼的，好心的马莎姨妈说得也对呀，一共就半个月，一天一天数，很快就会过去的。可是她担心何桑会整人，不但整自己，还会整表姐表妹呢。

香咕说："最好能和她约定，来了之后不能欺负人做坏事。我们写个约定，这样她改不掉也要拼命改呢。"

"对呀，对呀，"大家都说，"还是小香咕聪明呀。"

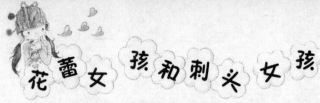

花蕾女孩和刺头女孩

香咕写了一个约定，约定上写着：第一条，走进这个家以后，谁都不能说难听的话，谁说难听的话，就是说自己；第二条，不能带刀片，不能推搡人，不能抢夺东西；第三条，未经同意，不能碰香咕的布娃娃、香拉的小木猪、胡马丽花的文具、香露的钱包；第四条，不能派别人为自己擦皮鞋，做事情，也不能威胁别人；第五条，不能打骂狗狗和小猫；第六条，如果谁违背了约定，大家可以"审判"她，直到她认错道歉，审判会还要邀请家长们参加的……

那个约定写得很长，差不多把一张纸都写满了。

马莎姨妈把何桑叫过来，给她看那个约定。

何桑仔细地看完，然后仰起她的脑袋，黑眉毛拧起来，眼角却瞄着地下，说："是小香咕写的字。小香咕，写约定也是你的主意是吗？别骗人，瞒不掉的，我看出来了。"

香咕的心快跳出来了，真紧张呀，何桑会不会大吼起来，会不会拉着她的衣服和她评理，会不会撕了约定呀？何桑一直很泼辣的，但是香咕想到妈妈的话，勇敢起来，她鼓足勇气回答说："是又怎么样，你说这个约定你能做到吗？"

何桑看看香咕，说："不错呀，小香咕，我怎么会做不到？你做不到才好呢，到时候我可以来审判你。"

何桑没有骂骂咧咧，也没有往约定上吐吐沫，她说："我今晚上就搬过来。对了，你们要在约定里给我加两条。一条是不能阻止我吹我的乐器，别人不能吹它，那是我的私人财产，谁吹了就审判谁。还有一条，你们对我这个客人要友好，写上后我马上签字呀，我可不想看到不公平的事情发生。"

马莎姨妈问香咕她们的意见，她们都说可以。结果就把乐器的那一条和对客人友好的那一条也写了进去。然后，香咕她们都在上面签了名字。

"看我的。"何桑大笔一挥，很痛快地在约定上签了自己的名字。

大家都松了一口气，胡马丽花还说了声"哇塞"，她觉得何桑好像不是以前的何桑了，变好了许多呢。

何桑来的时候，除了换洗的衣服，真的带来了一个乐器。香咕往近处仔细看，那很大的、锃亮的乐器就是中号，就是下午何桑吹得震天响的那一个。

何桑进门后，先吹嘘她的中号是无价之宝，她学吹中号是老爸的主意，让她学好以后要到世界各地去巡回演出。

何老板送何桑来的，他接口说："能到世界上去吹？好呀，老爸求之不得呢。阿桑呀，你常常闯祸，精力过剩，要能把这些怒气放在吹号时吹出去也好。"

花蕾女孩和刺头女孩

这一次何桑好像还行，果然没有带刀片进门，一把也没有，她知道约定上写着不允许呀。还有，何桑进门后看也不看布娃娃小饭一眼，好像不感兴趣呢，她也没有去摔香拉的小木拖，骂它是祸害。

看来有约定还是管用的。何桑签过名了，她最不愿意丢脸，被人审判呀。小香咕很高兴，打算帮着何桑整理行李，可是何桑毕竟是何桑，她很威风地说："慢，我们要先来开一个盛大的欢迎会。"

"欢迎会？什么欢迎会？"大家问。

"欢迎我的会，约定上写着，要对客人友好。"何桑拿出中号，试着音量，说，"我要在欢迎会上演出好听的中号独奏，这是大名鼎鼎的何桑第一次演出，平时在家里我都是蒙在被子里练习，不想让别人听见。"

何桑不由分说，把香咕她们四姐妹拉进大房间，让她们组成一个乐队，专门为自己伴奏：她指定香拉敲两个锅盖，代替打锣，香拉也喜欢，所以敲个不停。她让香露用筷子在桌面上敲鼓点，算是节拍器，香露勉强同意了。何桑派给胡马丽花的差事很糟糕，要她拍打自己的两条大腿，说这是新式的电子吉他。

家里的大狗路易驹和小猫小秧秧何桑也不放过，把它们圈在大水床上当听众。

何桑关上房门，把小香咕拉到门背后，说："你擂门，要擂出震动的效果，那是贝司，懂不懂呀？"

表演开始了，何桑的嘴劲是很好的，能把号声吹得震耳响，好厉害，玻璃窗也像刮大风似的有了动静。可是何桑刚学中号不久，吹也吹不成调，吹出来的是些"都来蜜蜂"、"都来蜜蜂"。

香咕她们停止"伴奏"，都笑起来，说："你能不能吹些别的呀？"

"是太难听了。都怪你们的伴奏太差劲，快，锣鼓好好敲起来，电吉他好好弹，小香咕把贝司打足，我会吹出好听的曲子的。"何桑负气地说着。她更努力了，鼓起腮帮子，又是一阵猛吹，直吹得脖子胖起来，眼珠凸出来，好像要拼掉命了一样。

"都来，都来蜜蜂。"

"都来，蜜蜂都来。"

"蜜蜂蜜蜂，都来。"

大家都泄气了，可是何桑还逼着大家使劲，说谁不出力，就是违背约定了。

外婆嫌擂门声太吵了，在外面问："是哪个在干坏事呀？"

这下何桑不吹中号了，大声回答说："是小香咕在擂门，千真万确。"

外婆很不高兴地说："怎么搞的？香咕呀，真闹心

呀，吵得我的头都涨大了。"

香咕真的不愿意粗鲁地擂门，那算什么贝司呀！何桑又把中号对准香咕的耳朵吹，说："让你这个不出力的贝司手当聋子算了。"

香咕伸手推挡着中号，可是何桑提醒她说："你不能阻挡我吹中号的，约定里说得明明白白，快打贝司呀。"

香咕背起手，就是不干了，这样倒霉的乐队谁都受不了的。

何桑受到挑战，觉得下不来台，火气大了，拿起中号又对准香咕的耳朵吹。小香咕往一边躲避着，她就把中号横过来，挡在她跟前，又用肩膀顶着香咕。

这个何桑的嘴功好，力大无比，她能吹出呜呜的老虎的怒吼声，吓人的声音直往香咕的耳朵里钻，香咕捂着耳朵也不行。

"吵死了，吵死人要你偿命。"香露敲着桌子说。

香拉受不了，她爬上大水床，整个脑袋都钻在厚厚的鸭绒被里。

何桑停下来，歇了一口气，然后说："你们的耳朵是不是又痛又痒呀？快开始伴奏，不然，我吹得更响了。"

"你不能这样的，"香咕说，"约定上说，不能欺负人的。"

"什么呀，我在给你们欣赏音乐，"何桑强词夺理，

"为你小香咕的耳朵演奏老虎是怎样放屁的。"

后来大家全造反了，谁愿意陪何桑瞎练习？香露带着大家要突围出去。可是何桑堵住门，说："你们统统违约了。这样吧，你们每人送我一样见面礼，不然就审判你们。"

香咕手里捏着一块毛巾，正打算擦脸上的汗，没想到何桑出了新花样，她不知怎么是好，就使劲捏那毛巾，毛巾都被捏出水来了呢。

香露说："搞搞清楚，约定里可没有说要送礼物的事情呀。"

"约定里也没说不送礼物呀，"何桑说，"反正约定里写我是客人，你们要好客一点，送礼就是好客哪。"

"我的夜明珠是值钱的宝贝，大海送的礼物，我的钱也不能送人的。在我们家，小的可以欺负大的，大的要让着小的。"香拉说着要哭起来，"救命，外婆，强盗要抢我的东西。"

"小气鬼，你这样的小毛头，谁要你送？我送你好不好？送你一条纸尿裤。"何桑嘲笑说，"别人就不行了，客人比主人重要懂不懂？"

胡马丽花妥协了，嘀咕说再也不想拍大腿了，电视里的女阿飞才拍大腿呢。她为了息事宁人，随手送了何桑一支"爱猫人"牌的活动铅笔。胡马丽花的大姑送了她好

多，她的新文具积成一座小山，都可以开一家小店了。

何桑欣喜得很，嘴角都翘起来，说："这东西不赖，算你大方，到底是有钱人。你们都看到了，不是抢来的，是她亲手送我的。"

香露想了想，拿起她很早以前叠的一个手工储蓄盒送给了何桑。

"送我礼物了，不错，不错，今天赚了，我也有今天哪！"何桑更得意了，接过礼物看了又看，忽然对香咕说，"轮到你了，你要送体面的礼物给我。"

小香咕不是小气鬼，她留着好多可爱而珍贵的贝壳，给朋友当礼物最好，可是何桑那么没有礼貌，香咕不愿意迁就她。

香咕说："好呀，我可以送你体面的礼物，送你四周的空气，送你树上的鸟叫。"

何桑厉声说："你以为我是白痴呀？手里能摸到的才算礼物！"

"那好，请你伸出手，闭上眼睛。"香咕沉着地说。

何桑照办了，把手伸得长长的，说："阿里巴巴，黄金万两。"

香咕在毛巾上使劲拧一下，几滴水珠掉落在何桑的手心里，她对何桑说："你接到了吧？这就是礼物。"

"可以呀，你不错呀。"何桑闷掉了，觉得自己很没面

子，但是她假装不在乎，开始唱起一支民歌，"掀起小香咕的盖头来，让我来看看你的脸，你的脸儿……"

"错了，错了，"香露说，"是掀起你的盖头来……"

"我就和别人唱得不一样，"何桑说，"我们来掀起小香咕的盖头，试一试有没有毒。"

"按照约定，威胁香咕要受到审判的。"胡马丽花说。

何桑说："没有威胁她呀，我把她唱在一支歌里，那歌叫《毒蘑菇之歌》，小香咕就是毒蘑菇呀。"

吃晚饭的时候，谁也想不到吧，大家吃剩下来的鱼骨头，何桑把它们小心留好了，包起来放在衣兜里，说这是她对付毒蘑菇的"秘密狂蜂"。

大家都没理她，出去散了步，回来就一起看电视了。这时，何桑一把夺过电视遥控器，说："归我了。"

她不停地更换频道，弄得大家看不成动画片，也看不成别的。香露提出想看一会儿时装表演，可是何桑就是不让，她霸着遥控器，到处找破案的节目，一边说："这些时装比赛的人妖里妖气的，我想到电视台里去踢她们的屁股。什么时候我能上电视就好了。"

香咕坐在沙发上，看着电视频道大轮班，一个一个闪过，都眼花缭乱了，便生气地说："是呀，何桑，你要是去了电视里就好了。"

"真的，是真心话吗？我上了电视你也觉得有面子吗？"何桑兴奋地说，"你凭什么这么想呢？我就是我呀。"

"才不是呢，香咕一定在想，何桑去电视台了，我们只要把电视关掉就行了，不用再和何桑打交道。"香露笑着说。

何桑也不说话，伸出手来使劲拉香咕的衣服下摆，拽得香咕从沙发上掉下来了。

"你不准拉我衣服，约定里写着呢。"香咕说。

"没有呀，你的衣服掖着了，我帮你拉好。"

"不对，你是在使坏。"香咕说。

"好，好，算我多此一举，我来把你的衣服掖回去。"接着，何桑又伸手把香咕的衣角使劲往腰里塞。

"啊！"香咕大叫一声，觉得腰那里疼死了，就像被蜜蜂蜇了。

香露过来仔细看，居然找到了一根"秘密狂蜂"，它扎在香咕的衣服上。

大家连忙叫来外婆，巴望她主持公道，能"审判"何桑，可是外婆看了又看，说："香咕呀，是你吃鱼的时候不小心，把鱼骨头掉在衣服上了。"

"不对，那是何桑的'秘密狂蜂'。"香咕说。

"对的，对的，"大家都当证人，"她口袋里就有'秘密狂蜂'的。"

花蕾女孩和刺头女孩

可是何桑说："扎她的只是一根普通的鱼骨头呀，香咕的外婆，你说呢？"

外婆哪里知道呢，接口说："我看是鱼骨头。"

外公也过来看了，看后什么也没有说，他跟外婆总是一条心，听说他在婚礼上发过誓言，要让她幸福，说过的话就不能反悔的。

香咕吃了亏，却没办法审判何桑，跟外婆外公说呢，说也说不清楚。

她生气极了，何桑不说实话，所以明明约定上说的事情也没法照着办。何桑的心肠真硬呀，就好像小石头。她的脑子转得也快，坏点子一个接一个的。唉，这些本事她都有了，就成了小女霸，如果她的本事少几样就不会坏成这样的。

约定还是管不住何桑呀。

花蕾女孩和刺头女孩

香咕盼望何老板早去早回来，好早点把何桑领回家去。正在寒假里，香咕她们白天黑夜都得与小女霸何桑在一起，日子真不好过呀。

香咕找来了一只小玻璃瓶，眼看一天要过去了，就往瓶子里存一颗小黄豆。这样能记得清楚一些呀，等到瓶子里装着十五颗小黄豆的时候，何桑就能滚蛋了。

到了晚上睡觉的时候，香拉去跟外婆外公住了，外婆让她们四个自由组合着住。可是何桑看上香咕和胡马丽花住的小房间了，她不和任何人商量，在门上贴了四个字：阿桑公馆。

她还宣布说："你们不能到我的地盘来。我要一个人住一个房间，不喜欢合住，因为别人太臭了。"

没有办法，香咕和胡马丽花只能跑到大房间挤着去了，大房间里有一张大水床。那里的主人是大表姐香露，她看见香咕和胡马丽花被驱赶出来，说："要我们三个人挤？凭什么呀？"

香露去找何桑评理，她没有忘记自己是表姐表妹中威风的大表姐。

何桑不和香露吵嘴，黑眉毛和气地弯弯着，还用粗粗的胳膊做出"请"的动作，说："好呀，你们可以派一个人住在我阿桑公馆里，让那个人做我的搭档，半夜里我要练习中号，她可以给我伴奏呀。"

香露说了一声"我去喝点水"，马上跑回大房间来了。

她们败给何桑了，因为谁愿意与何桑做搭档呀！

香露只好收留了香咕和胡马丽花，但是香露的睡相不怎么好，夜里就在大水床中间睡成一个"大"字形，而且路易驹和小秧秧也要挤到大水床上来打瞌睡。

香咕睡在大水床的最左边，抱着小饭，胡马丽花睡在最右边，也只占着一点点地方，她们夜里都不敢翻身的，因为一翻身就要摔下来了呀。

就这么熬过了一晚上，香咕和胡马丽花都没有睡好，下巴变得尖尖的。早晨刷牙的时候何桑还要取笑她俩呢，说她们看上去像受气包一样，然后把牙膏当奶油要喂给香咕吃。

这个白天，小香咕的日子很难过，何桑骂香咕是毒蘑菇，支使她干活，还抱怨说："我上了小香咕的当了，约定里说要对客人好，所以我才来的，没想到被骗来后也没有什么花头，只收到两件破礼物。"

何桑的话好难听，她觉得香咕是欠她的，这种人，怎么和她友好相处呢？

天快黑的时候，小香咕想去跟小路沙沙说会儿话，她受了很多委屈，心里憋气着呢。可是何桑不让，她说："喂，香咕，你们的日子太好过了，今天晚上，就要由着我啦。"

花蕾女孩和刺头女孩

"你说什么?"香咕问。

何桑很不好的,开始闹腾了,骂骂咧咧地说:"我刚来的第一天,也就是昨天夜里,你们为什么让我住垃圾间?"

香咕一听就愣住了,昨晚是何桑抢着要住小房间的。那个小房间叫拉岛间,不是叫垃圾间,香咕很喜欢住在里面,它的确很好玩的,像大卖场一样,里面有过年才用的碗碟,有外公的雨衣什么的。拉岛间以前都是香咕和胡马丽花住的,她们在里边玩"仙女赠厚礼"的时候很过瘾的,用的都是真实的道具。

可是何桑很不满意呢,气呼呼的。晚饭后,她忽然提出要换大房间住,说:"我要在大水床睡,那多舒服呀。小香咕真坏,不按照约定,不好客,怎么让我这个大客人住在堆东西的地方呀?"

胡马丽花一听,高兴地说:"好呀,好呀,这下好了,我和香咕能住到拉岛间去了。"

"为什么叫它拉岛间?"何桑傲慢地问,"是装垃圾的吧?"

胡马丽花说:"那间房子会发出声音,好像有人在说拉倒吧,拉倒吧。"

"怪不得呢,很像闹鬼的,"何桑说,"有冤魂在呀,我可不要住那里。"

"不用害怕的，"香咕说，"会习惯的，那是风吹的声音。"

"说的什么鬼话呢，"何桑说，"我害怕？我从来都不害怕，何桑从来没学会害怕呢。"

何桑非要独自住在大房间里，她叫香咕和香露，还有胡马丽花三个人挤在拉岛间里住。

"开玩笑，住不下的，"香露说，"你去量一量吧，拉岛间里的床很小的。"

何桑傲慢地说："我不管，你们侧过来，一个挨一个，像三明治那样睡觉多暖和，反正你们很要好的，都是有毒的蘑菇。"

"就是挤不下的，"香露说，"你才是毒蘑菇呢，毒死人的蘑菇。"

"再说啦，"何桑还笑了呢，说，"既然床上的被子可以摞起来，你们几个就不会想办法？人也可以摞起来睡的呀。"

"说什么呢，人和被子是一样的呀？"香露说，"人怎么能摞起来？"

"这不难的，在杂技团里，五个人都能摞起来的，耶。"何桑边说边做着"胜利"的动作。

"说的什么呀？"香咕很生气，说，"你不讲理。"

何桑也不管，大摇大摆地在大房间的门上贴了四个字：阿桑公馆。

香露、香咕，还有胡马丽花紧急集合，她们聚在一起。香露神情严肃地说："来，我喊一二三，不想听何桑话的勇敢者举右手，决定听她话的胆小鬼举左手。"

呼啦一下，她们三个都把右手高高举起。她们彼此看看，高兴地搂作一团，都说这次豁出来了，就是不让何桑得逞。

她们彼此团结得像一个人，马上也拿出法道来了呢。香咕在何桑贴的"阿桑公馆"的后面加了几个字："在对面拉岛间"。做完这

些事情，
她们很兴
奋，感觉
表姐妹们
从来没有这么心
齐过，所以都叫：
"胜利，胜利！"

何桑根本没把香咕她们放
在眼里。到了睡觉的时候，她
把中号擦了一遍，自说自话地
挪到大房间里放好，接着，她把黑眉毛拧起来，对香咕她
们说："识相点，你们自己过去吧，不然我就要……你们
三个想吃苦头吗？"

她们就是不理，三个人抱成一团，像垒起一座小山。
何桑跺跺脚，不客气了，她力气好大，跺脚的时候地板都

在震颤着呢，只听她嘴里喊着："搬死人喽!"一下子就把胡马丽花拎起来，一甩，背起人来就往外驮，样子很轻松，就像背起一个蛇皮袋那样麻利。

接着，何桑又用同样的办法，背起小香咕往外搬，嘴里还嚷嚷说："现在，我要把这毒蘑菇埋在粪坑里。"

她把香咕和胡马丽花往拉岛间的床上一摔，在四周设一些路障，把她们俩围了起来。

何桑又跑来驱赶香露，香露个子高，何桑驮她的时候累得呼呼喘气，说："香露呀，你像一个大麻袋，肚子里装石头呀。"

"你才是呢，你是大骆驼。"香露屏住气，使劲往下沉。

何桑费了大把的力气把香露驮到拉岛间，刚想宣布胜利，可是香咕和胡马丽花早已经从拉岛间里突围，逃回来了。香咕她们可不是萝卜，萝卜被拔走就拉倒了，只留下一个坑，可她们是聪明的活人呀，她们会跟何桑打游击战的。

一会儿，香露也跑回大房间来了，三个人重新占住了大水床。这时香拉也跑来了，小家伙摊开手脚在大水床上躺着，觉得被驱赶很好玩的，她说："大师姐，看见了吗，我是新长出来的蘑菇仙子，你先来采我呀。"

大家都意犹未尽，叫着："何桑，先来驱赶我呀，来呀。"

"大骆驼，欢迎你第一个来驮我。"

何桑看自己输了，气得呼哧呼哧喘气，样子很惨，说："哼，我不想搬死人了，死人太重了。"

她有很多傻力气，她那么威风，可是没有人跟随她，她是一比四，何桑只能罢休，回拉岛间去了。

半夜里，何桑卷土重来，她跑进了大房间，香露、胡马丽花和小香咕相继醒来，看见正哼着小曲的何桑朝她们身上乱撒胡椒粉和盐，三个女孩都惊慌地叫了起来。她们一边打喷嚏，一边抓起枕头和鞋子猛打何桑，都惊动了外婆外公呢。

外婆外公来的时候，何桑哼着小曲，在大水床边走太空步。

而香咕她们谁也没法和外婆说话，只顾忙着打喷嚏。

"啊呀，"外婆拉住何桑，说，"你这孩子，我还天天夸你是好姑娘呢。"

外公阿嚏了一声，说："怎么在半夜来找她们打架呢？"

何桑晃晃肩膀，眨眨眼，打了个大哈欠，然后看着外婆说："外婆，你怎么在这里呢？你们都不睡觉呀？"

外婆说："问你呢，你怎么来这里呀？"

"我不知道呀。"何桑解释说，自己现在才清醒过来，

刚才她正梦见自己在做菜，给小菜里撒胡椒粉，她叫起来，"呀，呀，我现在才知道，我是在梦游，我从小是有这个毛病的。"

"那就算了……阿，阿……"外婆也开始连着打喷嚏，停也停不下来。

"哦，对不起，对不起。"何桑说着，还朝外婆鞠躬呢。

外婆把毛巾找来，给三个女孩擦擦洗洗。最可怜的是胡马丽花，何桑来的时候，她正侧着睡觉呢，结果她的鼻孔里钻进胡椒粉，一只耳朵里也装进了不少呢，她说："我打了一百多个喷嚏，鼻子里像着火了。"

"就是呀，"香露说，"都是有人害的。"

"真是的，真是的。"外公心疼地说。

"去睡吧，大家都不要错怪何桑。"外婆说。

香咕她们都不服气，她们明白，何桑是假装梦游，故意要给她们吃苦头。

到了第三天晚上，何桑没有来"搬死人"，她老早就去拉岛间睡觉了。

"看，何桑老老实实的了，"香露说，"她知道我们不是好惹的。"

可是到了半夜，何桑出动了。这时，只有胡马丽花是醒着的呢，可是她不敢叫，因为最受不了的是，何桑扒拉了她一下，她就横过来了，在半夜里她感觉何桑的力气好像更大了，像传说中的妖怪一样。胡马丽花眼看着她背起小香咕，赌气地往浴室那里跑去，吓得不轻，只好假装睡着了。后来何桑爬上大水床，把被子裹好，然后背起熟睡的裹在被子里的香露往外送，真像搬死人呀。最后，她又把胡马丽花背起来，一路上还嘀咕说："这死人睡得那么死，拖到太平间去。"胡马丽花听见了，不知怎的，头晕了，以为是噩梦，就昏睡过去了。

过了一会儿，香咕被冻醒过来，上牙和下牙磕碰着。她光着脚找寻着回到大房间来，想叫醒香露和胡马丽花，问问发生了什么事，可是开了灯，发现大水床上躺着的人早被掉包了，竟是那个何桑，她还把中号放在枕头边上。

香咕不放心，马上再找，发现香露裹着被子，躺在拉岛间的床上呼呼大睡，而胡马丽花也裹着被子，却睡在地上一个充气的救生圈上，香咕轻轻地推她，可能是她太害怕了，所以不敢醒过来。

香咕回到大房间去找小饭，小饭被何桑踩了一脚，背上扁扁的，合扑在冷冷的地板上，香咕找到小饭后就紧紧搂住。她看见何桑躺在大水床上，蹬着腿，看上去舒舒服服的，那粗粗的胳膊伸出来，惬意地把手搭在中号上，张着嘴巴，昏睡百年。

花蕾女孩和刺头女孩

"你才是毒蘑菇呢。"香咕心里特别生气，她的倔脾气上来了：何桑不讲理，凭什么一个人占了大水床，却委屈了表姐表妹，还让自己在浴缸里睡觉呀？

香咕使劲推何桑，可是何桑睡眠太好了，起初是像小山一样，一动也不动，后来香咕铆足了力气，使劲地把她推来推去的，她反而睡得更熟了，跟着香咕摇动，好像坐上了摇晃的小舢板，很享受呢。

"你不要睡着呀，醒来，醒来。"香咕说。

何桑像是故意在气香咕似的，就是不醒，还打起了呼噜呢。这个何桑身体太壮了，打呼噜像吹中号一样，很用力的，她的呼噜声有时像开火车，有时像刮大风，有时又像好几十只蟋蟀聚在一起叫。

小香咕累了，休息一会儿，何桑忽然开始呢喃着，说起了梦话，她嘴里反反复复地叫着一个词。香咕听见后心里不由得一愣，差点要为她难过了。她看见中号压着何桑的胸口，就把它往边上移了移。

"等天亮了，再审判她吧。"香咕想着，有点心软。她没地方睡觉了，只好找事情做，先是抱着小饭看了一会儿书，又悄悄数了一遍小瓶子里的黄豆，晃一晃，再数一遍，就怕自己少算了。接着她站起来整理棉拖鞋，地上的棉拖鞋都被何桑踢乱了，自己的那两只棉拖鞋被何桑踢到床底下去了。

小香咕伸手去床下够，大狗路易驹醒来了，它用纯洁的黑眼睛看住香咕，好像在说："小心，别动，可让我老狗头效力吗？"

它帮着香咕把何桑踢到床底下的棉拖鞋叼出来，香咕伸出脚想穿，路易驹马上把它们叼起，然后使劲甩在一边。小香咕觉得很蹊跷，仔细一看，哎呀，何桑在那两只棉拖鞋上插了好些"秘密狂蜂"呢。

香咕只好慢慢把"秘密狂蜂"拔干净了。

"睡吧，好狗狗，谢谢你，别担心我。"香咕喃喃地说，"在夜里都应该好好地睡，我不想惊动谁。"

路易驹不高兴爬到大水床上去睡，猫和狗也能识别人呢，它和小秧秧都躲着何桑，它们相互枕着对方，就地打地铺了。

香咕看着窗外皎洁的月亮，默默等待着天亮，真安静呀。这时候她不敢想爸爸妈妈，不然就会流眼泪的，还是和小饭一起看嫦娥在天上跳舞吧，她把小饭的脸转过来，一起赏月。

到了后半夜，香咕实在太疲倦了，身体都开始摇摇晃晃了，好像变成了蝴蝶，被大风吹着，由不得自己了。她

管不了那么多了，抱住小饭，趴在大水床边上睡熟了。

不知是什么时候，香咕被一种奇怪的声音惊着了，她直起身子慢慢辨别，发现那难听的声音是何桑发出的。哈啊，噼啪噼啪的，一个接一个，没完没了的，像放着一串小鞭炮，原来何桑有这爱放屁的毛病呀。

"嘿嘿，嘿嘿，"香咕轻声笑起来，说，"她还说别人臭呢。"

何桑冷不丁醒来，她看见小香咕在笑，很吃惊地说："你听见了？"

"是啊，听见了。"香咕说。

"你听见有放屁一样的声音？"

"那就是的，"小香咕老老实实地说，"我还听到你打呼噜，说梦话呢。你在梦里喊人，就喊一个人，使劲地喊，真的。"

"住嘴，不许说！凭什么呀，凭什么呀？你这毒蘑菇，你是故意在这里偷听的！"何桑嗷嗷地叫喊着，"是你，刚才是你，你才是放屁精，清晨屁大得像霹雳，半夜打呼噜，还乱说没出息的梦话。"

何桑骂着骂着，还干哭了几声呢。

香咕见何桑这么激动，才明白这也许是何桑最想瞒住别人的秘密吧。何桑也是女孩子呀，她一定不喜欢让别人知道自己的这个秘密，传出去很难听的。

小香咕说："不要紧的，我不会跟别人说的。"

"什么不要紧，你这可恶的毒蘑菇，我要去买把锁，把你的嘴巴锁起来……"

没等何桑说完，香咕说："我是无意中听见的，我很快会忘记的。"

香露和胡马丽花听到动静都醒来了，很惊讶自己怎么会睡到拉岛间来了，她们把香咕叫了过去，说："你怎么样？何桑是怎么对付你的呢？"

"她把我放在浴缸里，"香咕说，"我冻坏了。"

"真的呀，真的呀？"她们都叫起来，"去告诉外婆，对了，还发生了什么事情？"

"让我想一想，"香咕说，"告诉了又怎样呢，何桑总有办法找借口的，她是找借口大王。"

香咕不想把何桑当死对头，因为那样不好，她想慢慢了解何桑到底为什么要这样做。

第二天的白天，何桑有事没事老盯着小香咕的嘴巴看，香咕和谁说话，何桑都要凑过来偷听，有时候还要插话，吼叫，她是不是担心香咕说起她的那些秘密？

其实不会啦，香咕不是刻薄的人，她都对何桑说了，可是何桑还是不相信。唉，香咕真被她烦死了。

吃晚饭了，香咕急切地往玻璃瓶里放一颗黄豆，巴望这一天快点过去。

可是何桑还是要惹出新的事情。饭后香咕去抱小饭，发现布娃娃小饭不见了，到处找，结果发现它被踢在擦马桶的布边上，而且头发里藏着好几根"秘密狂蜂"，那是谁干的，不说也知道。但是这一次，香咕又强忍了，她拔掉了那些鱼刺，替小饭梳洗了一番，不动声色地回来了，就是对谁也不提起。

何桑正抻着脖子在等她叫喊呢。等了一会儿，见没有动静，何桑耐不住了，慢慢走过来，她看着香咕脸上的表情，嬉皮笑脸地说："发生了什么不好的事情？"

"是有一些不好的事情发生了。"香咕说。

见香咕不屑于理她，何桑就说："我估计是你家的小猫小秧秧干的坏事情。

"小猫干了什么坏事情，"香咕反问说，"你怎么都知道呢？"

"这，我一猜就猜出来了，"何桑说，"我看见那死小猫在弄小饭的头发。肯定是它，让我来审判它。"

过了一会儿，何桑得了空，她把小秧秧放在毛巾架里，说那是被告席。小秧秧是娇气的小猫，它可不会逆来顺受，背这黑锅，它伸出爪子抓挠了何桑的手。

"噢，噢，死小猫。"何桑气坏了，把小秧秧的四条腿夹在毛巾架子里，让它动弹不得，再往它的鼻子上挤牙膏，还要往它尾巴上扎牙签呢。

何桑真的审判小秧秧，说它犯了"叛人罪"，就要上酷刑。香咕说："你不能这样对待它的，我去告诉所有的人。"

"我在和它玩，把它打扮一新，对，它的鼻子已经化好妆了，现在要训练它摆好贵夫人的姿态。"何桑说，"一会儿我还要让它的猫耳朵欣赏我的中号，我要大声吹，吹，吹，不过，它要变成聋子猫不许怪我呢。"

"快点，快点，来人帮忙！"香咕叫起来，"何桑要用中号吹聋小秧秧呀！"

可是家里就香露最大，外婆外公带着香拉买东西去了，何桑就特意选这么个时间呀。

香咕跑到拉岛间去，看到那个中号，想把它藏起来，可是中号这么个大东西，哪里去藏呀，藏在被子里也会鼓出来的。她要救小秧秧，因为她知道何桑用中号吹小猫耳朵的那一招是最狠的。她的中号对准谁吹，谁的耳朵里就

会又疼又痒，比什么都难过，简直像有很多小虫子在咬耳膜一样。

急中就是能生智呀，小香咕是个聪明的女孩，她灵机一动，有了好主意。

过了一会儿，何桑真的去把中号拿来了，香露要去夺，何桑把她推倒了，还说她们都违反约定，要审判她们呢。

何桑用足力气吹中号，可是她的中号变哑巴了，怎么吹也吹不响，只挤出几个别扭的怪声音："扑，扑，皮扑，皮扑。"

香咕她们开心了，拍着手说："好呀，好呀，漏气了，何桑的中号漏气了。"

趁着何桑鼓捣中号的时候，香咕赶紧把小秧秧释放了。这一次，小秧秧吓得不轻，它获得自由后马上逃到楼上车大鹏家，小猫也有生存的技巧呀，它避开危险，寻求避难去了。这小猫是鬼精鬼精的，很会保护自己的，也知道它的处境在车家就能改变。车家人心善，对香咕家友好，所以把它当友好使者，喜欢它，叫它"香猫咪咪"。每次车大鹏喂它美味的大虾干，家里人都舍得的，情愿自己少吃点。

从那天起，小猫就在车家避难，不愿意再和何桑打照面了。

那次何桑鼓捣了半天，这才发现中号被一块湿海绵堵住了，所以吹不响。她说："审判香咕，我们马上审判她，约定里写的，她弄坏了我的中号，敢捉弄我，快呀，谁当审判长？我当大法官。"

明明是何桑不对呀，可是她倒有理了，哎呀，这个约定是万能的，何桑也能用它来对付小香咕呀。

香露理也不理，对何桑，她才不会被难倒呢。胡马丽花当然是向着香咕的，难道会帮何桑吗？香咕真爱她们呀。

何桑只能讪讪地说："好呀，我可以不审判她，不过大家不要相信她说的话。还有，大房间你们要让出来，记住，要对大人说是自愿的。"

"不行，拉岛间我们住不下的，"香露说，"何桑真贪心呀。"

"你们才贪心呢，"何桑说，"我在你们这种有钱人的家里，一共就住几天呀，你们有钱有势，可以一直住下去。哼，不让我住几天大房间，非要占着大房间，你们真狠心。"

"我们没法住呀，"胡马丽花说，"你想让我们站着睡觉吗？你才最狠心。"

"别吹牛了，"何桑说，"拉岛间可以住，你们四个都住上，都有地方呀，床上睡你们两个讨厌鬼，大橱里住上

那个毒蘑菇，另外再来一个倒霉蛋，住在救生圈里就行了。"

香咕她们不想受何桑的摆布，三个手拉手走进大房间，进去后马上把门锁起来了。一会儿，听到外面窸窸窣窣响，有人从门缝里塞进来一张画，胡马丽花拿起来一看，大叫起来。

那是一张恐怖的画，画着吊死鬼，青灰的脸，有紫眉毛，红舌头很长。她们吓得要命，胡马丽花说："快呀，马上去叫外婆来看看。"

"是呀，她糊里糊涂的，还说何桑是好姑娘呢。"香露说。

"都怪何桑狡猾，"胡马丽花说，"会蒙人呢。"

香咕看见何桑在纸上写着"请提意见"，就说："不用去叫了呀，何桑都想好了，她会说是画出来让我们看着玩的，我们告不倒她的。这样吧，我们把吊死鬼的画还给她。"

香咕在吊死鬼画下面写上"感觉不好"，从门缝里塞出去。一会儿何桑来敲门，说："我要和你们谈判。"

香咕她们几个用手势商量，决定假装已经睡着了，不答理她。反正锁上门了，可以安心睡大觉啦。

那天晚上不太顺利，路易驹一点都不乖，呜呜地叫唤，它一会儿要出去找它的小猫妹妹，可是找不到呀，一会儿又要进来。

起初，香咕她们轮流起来为它开门、关门，后来进出的次数太多了，她们要睡着了，就顾不上锁门了。

天蒙蒙亮，小香咕听到一声恐惧的尖叫，声音很尖很尖的，像钉子一样钻进耳朵。她霍地坐了起来，这时她看见胡马丽花脸色煞白，用手指着她，惊慌得要命，说着："呀，呀！"一句囫囵话也说不出来。

香咕伸手想拉她，可是胡马丽花惊恐万分地往后让，咚一下掉到地上去了，嘴里说："哎呀，鬼，见鬼了，哎呀！"

香露也猛地坐起来了，看着香咕，一边往后退，一边使劲揉着眼睛。

香咕这才觉得不对头，脸上硬硬的，好像多了一层东西，她跳下水床，跑到镜子前一看，大叫一声："救命呀！"原来她的脸上套了一个吊死鬼的面具。

香咕除下面具，香露和胡马丽花她们两个才敢和她面对面呢。

她们气得不行，拿着面具去找何桑算账。

这时候，何桑已经在厨房里忙碌了，她帮外婆做豆浆，手里举着香咕的小玻璃瓶，她把里面计数的黄豆也放进去煮豆浆了。外婆夸何桑会过日子，外公听见了，也说："是呀，不容易呢。"

何桑看见她们拿着面具，一点都不心虚，还愉快地吆喝一声："你们哪，好好等着喝热腾腾的豆浆吧。"

香咕听到后心都冷了，拿着面具，灰头灰脸地回来了。

她想了又想，决定邀请何桑的好朋友刁莉莉来家里玩。刁莉莉有时候会在香咕面前摆架子，叫她"小黄豆"，意思是她长得很不起眼的。这天刁莉莉心情好，倒是很痛快，一迭声地说："好呀，好呀，好呀。"

看见刁莉莉来了，何桑高兴得黑眉毛都扬起来了，她们抱在一起，说："好姐妹呀。"

何桑就这么一个朋友，全世界也找不出第二个和她做朋友的人了，她对刁莉莉很真心的，处处护着刁莉莉；刁莉莉呢，也真是的，有时何桑做坏事，她还向着何桑说话。

这天，刁莉莉还特意转过身去，让大家欣赏她戴的一个会发光的头饰，那是她的爸爸刚从国外带来的，至于她的爸爸呢，她已经说过一千遍一万遍了，可是还要说呀。

"我爸爸可不是一般的人，是金领呀。说什么呀？金领不是衣服领子是金子做的，但是也差不多，他是公司里离不开的人，能挣很多钱。"刁莉莉说起这些事情，声音很响的。

香拉说："哼，我讨厌他。"

"为什么?"刁莉莉说,"凭什么?"

香拉气鼓鼓地说:"我不要他挣那么多钱,他都挣走了,我长大后就没有挣的了呀。"

何桑对外婆说,能不能请刁莉莉留下来吃午饭,她说:"让我来当厨师,做几样好菜。"

"好呀,你还会这一手呀。"外婆喜出望外地答应了。

何桑很能干,乒乒乓乓一阵忙,她要用她的烹调技术让大家信服。

她来做饭菜时,说要做一道世界上最鲜美的汤,放进火腿和香菇,还要做大虾三明治、葡萄小肉丸。

大家很好奇,围在边上看。何桑的刀功也不错,切肉像削水果似的,很快很快,可是她在切香菇的时候,没留神,手一滑,把指甲切掉了一小块。

何桑觉得很没面子,有点恼羞成怒了,她看见小香咕在一边,就问:"你叫小香什么? 哦,到底是炒菜的'香菇'的'菇',还是熬汤的'猪骨'的'骨'?"

刁莉莉笑起来,她喜欢热闹,说:"何桑真幽默。"

香露她们对何桑心里有气,都说:"好没意思呀。"

香咕说:"你叫什么桑? 到底是'河浜'的'河'呢,还是'盒子'的'盒'呢?"

刁莉莉又笑了,说:"香咕也很幽默。何桑,你就叫小河桑,这名字很好记的,就是掉在小河里的桑叶。"

"小河桑呀。"大家都觉得好玩。

"你欺负人，你违背条约，"何桑涨红着脸，指着小香咕说，"你这毒蘑菇，不给你吃饭，饿死拉倒。"

外公听见了，说："何桑，闹着玩的时候，话也要好好说呀。"

何桑坏归坏，烹调的手艺还是不错，听说是跟她爸爸何老板学的，小小年纪就能烧出一大桌宴席，冷拼和热炒都有。

吃午饭的时候，何桑做出了一大锅美味的汤，汤里放了干贝、火腿、新鲜的小蘑菇和香菇，还有洋葱圈和鸡肉，汤色很浓很浓的，漂着奶油，还有一点番茄汁，色香味都有呢。

她做的葡萄小肉丸也很诱人，肉丸和葡萄像亲弟兄，个头大小都一样，酸酸的葡萄和嫩嫩的肉丸炒在一起，想想就知道味道鲜美极了。再看看那大虾三明治，大虾红红的，胡须露出来了，里面还有青青的黄瓜，奶黄色的色拉酱，闻一闻，香气扑鼻。

外婆说："何桑，你做的饭菜很稀奇，来，来，我送点给楼上的赛仙婆婆尝尝。"

"好嘞，包她喜欢，"何桑

花蕾女孩和刺头女孩

眼珠一转，说，"香咕的外婆，再多带上一点，您和外公陪她一起吃吧。"

"也好，我们还能聊聊天。"外婆说。

"边吃边下棋也很美。"外公也高兴。

外婆外公走了，何桑就成了厨房里的"一把大勺"了，她说："我宣布，午餐是分食制。"

何桑给每个人分一碗那色泽好看、香气诱人的浓汤，轮到香咕了，何桑给她的浓汤只有一丁点，不像是盛了汤的，像碗底有点湿。

"汤怎么这么少呀？"香咕说。

"汤不够了，等第二锅汤煮出来再给你，"何桑说，"你等一会儿也不行吗？"

"为什么浓汤只少香咕一碗呀？"香露问。

何桑把她的碗给大家看一看，说："看清楚了吧，我的碗里也是空的，在等第二锅浓汤呢。"

"不要紧的，"香咕说，"我等，你们先吃吧。"

何桑又让她们全都坐好，像坐在饭店里一样，她从厨房里端出了盘子，先给刁莉莉和香露每人分了一份大虾三明治、三只葡萄、三个小肉丸，再给胡马丽花和香拉各一份，大家尝了尝都赞叹地说："真好吃呀！"

何桑很骄傲，说："满意吧？我说嘛！"

香咕等着，听着厨房里有响动。过了一会儿，何桑笑盈盈地端来两份菜，一份给香咕，另一份留给自己。香咕吃了一口，吓了一跳，她的葡萄小肉丸那么咸，咸得发苦，一时间舌头上别的味道都感觉不到了，她试着咬下去一点，结果更糟糕，除了外面淋上了盐卤，丸子里面还包着一个小盐包，硬硬的，盐都没有来得及化开来。她再仔细看看自己盘子里的大虾三明治，里面没有黄瓜，夹着几根青草，还涂了双层的辣酱，跟别人的都不一样。

小香咕全明白了。

何桑一语双关地问："你觉得滋味怎么样呀？"

香咕不理会，慢慢吃着，说："味道很特别的。"

这时，刁莉莉问何桑第二锅汤烧好了没有，她想再喝一碗。何桑说："走，莉莉，你陪我去厨房看一看。"

何桑一走，香咕悄悄地把自己的盘子和何桑的对换了。嗨，那一盘真是美味佳肴，味道很好呀，她美滋滋地吃了起来。

何桑在厨房里大结人缘，变戏法似的给刁莉莉变出了一碗浓汤，还有四只大虾，让她的朋友偷偷地在厨房里享用。接着何桑又把香拉叫进去，给她盛了大半碗浓汤。何桑也绝不会亏待自己呢，在厨房里面"鼓肚、鼓肚"地喝了很多汤。

香咕跑进厨房去问何桑："第二锅汤好了吧？"

"还没有呢，"何桑说，"我刚才在汤锅里刮刮，又刮

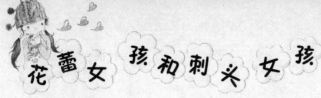

出了几碗汤。"

香咕说："好吧，等第二锅浓汤煮好后叫我。"

"那好，你等几秒钟。"何桑把剩在锅底的一点汤脚晃晃，倒进去大半碗白开水，然后用勺子搅搅，倒出一碗东西，说，"好了，你的汤。"

"我不要涮锅水，我要真的浓汤。"

"好呀，至少要等一个月，等我高兴了才会煮浓汤呢，哈哈，反正我们都喝饱了。"何桑说得高兴，跑出来开始品尝她的葡萄小肉丸和大虾三明治，一吃到那滋味，就挤起眼睛来，嘴里说着："真有你的，毒蘑菇。"

五 秘 密

花蕾女孩和刺头女孩

香咕并不想与何桑计较，饭后，她招呼刁莉莉到一边，打听怎么才能探明白何桑的心思。可是刁莉莉不想解答，她摇晃着脑袋说："小黄豆，你问这种事情干什么？"

可是，说着话的她忽然感觉到什么，伸手去摸脑后，发现她头发上的那会闪出耀眼光芒的新头饰不见了。

刁莉莉哭起来，漂亮的新头饰失踪了，她当然心疼哪。她多爱美呀，每天都要打扮出一点新花样的。还有，刁莉莉的妈妈是最仔细的，对钱财特别珍惜，哪怕是对一枚普通的别针，都会当成金贵的宝贝。有一次刁莉莉不小心碰掉了一点别针上的颜色，结果就遭到她妈妈责怪，她妈妈觉得一枚别针可以用上好几年的。

虽然刁家很有钱，可要是刁莉莉遗失了什么，她妈妈更是要大发雷霆，当成家里倒霉的大事情，有时候还要当着亲戚朋友的面数落她是在"败家"。

所以刁莉莉是又急又怕，泪水不断地往下淌。何桑见好朋友倒了霉，很着急，两条黑眉毛皱得快要卷起来了，嘴里唠唠叨叨，嫌香咕她们四个坐在客厅里挺碍事的，让她们把脚高高跷起来，还说："你们走远些。"

她趴在地上，低头帮着刁莉莉在餐桌下、沙发边找头饰，结果只找到三只里面裹盐包的肉丸子，是她自己吐掉的。

"你还去过哪里？"何桑问。

　　刁莉莉指指拉岛间，何桑就进去到处翻找，打开那里的橱，还有箱子，可里面哪有刁莉莉发光的头饰呀。

　　刁莉莉又指指大房间，何桑马上又跑进了大房间，在那里翻箱倒柜，连床底下也爬进去找了一遍。她看见房间里有一个橱是带锁的，就问："钥匙在哪里？你们说。"

　　香咕她们说："我们没有钥匙，钥匙早就找不到了。"

　　可是何桑有办法，她最喜欢吹牛耍能干，拍着胸脯说包在她身上，保证能打开锁。

　　香咕说："那个橱一直是锁着的，头饰怎么会在里面呢？"

　　何桑抢白说："你懂什么，看了大橱里没有头饰我才放心呢。"

　　何桑找出最大的一个"秘密狂蜂"，把它塞在钥匙孔里，东弄西弄的，也不知怎么个法道，锁居然一下子开了。真的呢，何桑就用鱼骨把橱门打开了，香咕四姐妹都看愣了。

　　可是这个橱里只有两床绣花被子，别的什么也没有。何桑说："要是里面是藏金银首饰的山洞就好了。全都给莉莉，让她的妈妈闭上那唠叨的嘴。"

　　何桑问刁莉莉还去过哪里，刁莉莉摇摇头，何桑又重新在客厅里找，找遍了，也还是没有，头饰好像飞走了。

　　香露去厨房找东西吃，她感觉自己没吃饱，又饿了，

花蕾女孩和刺头女孩

结果看见那高贵好看的闪光头饰居然落在煮葡萄小肉丸的锅里，香露叫："快来看，是不是它呀？"

可是它湿了，沾了汤，看上去像软软的馄饨，而且已经不发光了。

刁莉莉很伤心，说："我不要它了，它是咸的了。"

"咦。奇怪，她的头饰怎么会在厨房里呢？"香露说。

胡马丽花说："她在厨房里待了好久呢，你们忘了？我可记着，她躲在厨房里吃了好多美味，把浓汤和大虾都吃光了。"

这一刻，大家全都想起来了，是何桑拉着刁莉莉躲在厨房里吃大虾、喝浓汤的。

何桑又着急又后悔，觉得自己害了好朋友，很没有面子的。她抓起苹果砸自己的脑袋，还用力摔破了一只大西瓜。

她大叫大嚷的，说："气死了，恨死了，讨厌死了！"

香咕拿起头饰，细心地用湿毛巾轻轻擦拭了好多遍，又用清水冲了，再用吹风机把它烘干，然后对刁莉莉说："你来呀，请把你的新头饰戴上吧。"

"我不要，不要了，"刁莉莉说，"不想再看到它了。"

"为什么呢？试着看一看，说不定你会改变很多呢。"香咕说。

大家都围过来看，不由得惊讶地叫了起来，那头饰已

经清洗干净了，还带着香味，像新的一样。它又开始闪着亮光，真是熠熠生辉呢。

刁莉莉破涕为笑。何桑也高兴了，把她摔坏的西瓜捡起来，掰开来让大家吃。她自己更是猛吃猛吃的，叫着："全吃光，全吃光！"

大家都吃到实在吃不下了，何桑就在每块西瓜上咬一口，然后丢掉。等外公外婆回来的时候，一切都很好，何桑把怒摔西瓜的事情都掩盖好了。

"这几个女孩的胃口真好。"外婆说。

外公说："是呀，这西瓜那么大，像冬瓜，她们怎么都吃完了？"

到了第二天，香咕去小路沙沙那边散步时，碰见刁莉莉了。刁莉莉和香咕是一个班级的，她个子比香咕高一个头，好像是念五年级了。

"喂，小黄豆，昨天你帮了大忙了，谢谢你。"刁莉莉见了面想起要谢谢香咕，说她精明的妈妈没看出来破绽，一点都不知道漂亮的头饰已经去菜锅里旅行过一次。

"不用谢的，"香咕又问，"你能告诉我关于何桑的事情吗？"

"有的可以，有的不能说。"刁莉莉说，"你为什么要知道人家的秘密呢？"

香咕说："我就想知道，何桑为什么总是那么怒气冲

冲呢?"

刁莉莉说:"小黄豆,这个我可以告诉你。"

她说,何桑老觉得自己很倒霉的,这也是的,都怪她的妈妈不要何桑了,又跟别人结婚了。还有何桑的爸爸何老板脾气很暴躁,又很小气,他不爱何桑,只爱钱。何桑很想要一双名牌的球鞋,他就是不肯给她买。他有时候对何桑还可以,给她吃很多卖剩下来的烤鸭腿,给她买一只中号,可是他一喝了酒,常常会无缘无故地讨厌何桑,骂她跟她的妈妈一样,不是一个正经的女孩。

"何桑有时候半夜里会哭醒的,谁也不想做最倒霉的人,可是没办法呀。"刁莉莉说。

"她可以做不倒霉的人,她的点子很多呢。"香咕说。

刁莉莉说,何桑像她的爸爸,学煮菜学得很快,聪明死了,她还会烤出一流的鸭子呢。可是她读书的时候脑子好像不好使了,就是读不好书。考试的时候她的分数很难看,所以老师不喜欢她,说话也不好听。她呢,更加不喜欢老师,上课就说怪话气老师,还用小刀把老师的绰号刻在墙上。何桑就要别人都对自己特别好,看得起她,不然就不行,她就会和那人过不去,当成死对头。

"可是,何桑为什么要为难我呢?"香咕奇怪地说。

"我也不知道,她也没说过,"刁莉莉说,"但是我可以猜到的。"

花蕾女孩和刺头女孩

刁莉莉说，何桑知道香咕家出了事情，刚开始很同情她，觉得她比自己还要不幸，都要成孤儿了，所以何桑还以为香咕会来投靠自己的。但是小香咕很硬气，不认倒霉，也不想跟何桑学，在这里结了很多人缘，而且运气又好。看见所有的人都向着香咕，愿意帮香咕，看得起她，何桑觉得非常生气，说自己的好运气都被香咕抢走了。

"原来这样呀，"香咕说，"可何桑对我太不好了，半夜里把我放在浴缸里。"

"她觉得自己被你比下去了，"刁莉莉说，"你好像在故意和她挑战，在气她，对了，她说你们家的小房间里有怪声音，好像她死去的爷爷在叹气，她晚上不敢独自住在那里的。"

"我猜到她是害怕，"香咕说，"可是她说不是。"

"你不要猜到她，被人猜到她会发怒的。你知道，她生起气来不得了，像一头狮子，可不是动物园里的狮子，厉害多了，是野狮子，要吃人一样的。"刁莉莉说。

香咕知道何桑心里害怕的秘密了，到了天黑之后，她主动对何桑说："晚上我们把两个房间的门都开着，连成一个大房间，你看好不好？"

"你们害怕了？"何桑还突出胸脯，做出很勇敢无畏的样子，说，"好嘞，本人可以来保护你们的。"

"我们并不害怕，就觉得这样好玩。"香咕说。

五　秘密

何桑连忙去找来一根细绳子，一头拴在自己的手腕上，一头绑在小香咕的小腿上，说："这样最好了，半夜里我醒了，就拉拉绳子，问你们害怕不害怕。到时你也拉拉绳子，告诉我你们那里的消息，这样我就放心了。"

香咕知道，何桑在听到拉岛间古怪的声音的时候，就想拉拉这绳子壮胆呢。

"好吧，到时候你可以拉拉绳子叫我，"香咕笑笑，爽快地说，"不过，把绳子系在手腕上会舒服一点。"

"好嘞，"何桑愉快地说，"你可要守信用呀。"

夜里，小香咕敞开着门，把细绳子的一端系在手腕上。一会儿，她感觉何桑在那头轻轻拉一拉，香咕赶紧轻轻地回应了一下。挺好的，就像通了不用说话的"电话"。

香咕安心地躺好了，脸颊挨着软软的枕头，搂紧了布娃娃小饭，马上就可以有香甜的睡梦了。这时香拉噔噔噔地跑过来了，嘴里哇哇地吵起来，她解开香咕的绳子，说："快用绳子把何桑绑起来吧。"

六

自

寻

烦

恼

花蕾女孩和刺头女孩

原来香拉发现自己藏在拉岛间里的八宝箱不见了。香拉可是超级小财迷，平时马明舅舅或者马莎姨妈给了她零花钱，她就找外婆换成新的票子，用纸包起来，藏在一个木头小盒子里，盒子里还加上她从海边捡回来的夜明珠，小盒子是带锁的，她叫它八宝箱呢。

现在八宝箱找不到了，香拉不找别人，就要找何桑算账，说："赔我，赔我，我的财宝。"

"关我什么事呀？"何桑说，"我看都没有看到过你的八宝箱。"

香拉说："你能用鱼骨头开大橱上的锁，你也能开我的八宝箱的。"

何桑被噎住了，想一想才说："什么呀，大橱上的那把锁是不怎么样的，很多锁是开不了的，你以为锁都是摆样子的？"

"我不管，我不管，你把拉岛间翻得乱七八糟的，还拿走了八宝箱，"香拉说，"就要你赔，你是坏何桑。"

何桑火了，卷起袖子要打香拉，香咕她们连忙把香拉护起来，围在中间，那是她们的小妹妹，小宝贝呀。何桑气得不行，说她被欺负了，开始要用脑袋撞墙，这下，大家又七手八脚地把何桑拉住。

香咕知道这一次何桑是被冤枉的，她爱使坏，爱用刀片逞强，有时当面抢人家的东西，觉得当一个强盗也不错，但她不是小偷呀，她还说小偷是偷偷摸摸的老鼠，而她要做处处摆威风的狮子。

再说，香拉喜欢把自己的财宝东藏西藏的，藏得太隐秘了，连自己也想不起藏在哪个秘密的地方了。以前她就"报警"过很多次，说自己的八宝箱被小偷窃走了。等到大家帮她找到后，她还不认错呢，只说财宝是被偷掉了，后来小偷看见她们在追查，所以又送回来了。大家没办法让香拉改口，只好由着她去了。

香咕她们哪里还顾得上睡大觉呢，香拉可是一个难缠的麻烦小孩呀。她们全体出动，跑到拉岛间去又找又翻，终于香咕在一个废弃的纸板箱里把八宝箱找到了。唉，香拉把它藏在箱子的底部，外面包着好几层旧衣服做掩护，香咕刚打开纸板箱的时候，还以为里面全是破布头呢，幸亏她把手伸进去摸了又摸。

大家都说："胜利了。"

可是何桑不干了，她非要香拉赔偿"名誉损失费"，不然的话，就要她们"等着瞧"。

香拉一听，吓得缩起小脖子，她可舍不得把自己的财宝赔给何桑呢，连忙抱着八宝箱一溜烟地躲到外婆外公房间里去了，嘴里说："幸亏我的两个保镖都在呢。"她觉得在外婆外公身边是最保险的，外婆外公作为保镖虽然太老了，力气不会很大，可是他们最爱香拉，忠心耿耿的，

花蕾女孩和刺头女孩

外婆有时候叫香拉是心肝拉拉，有时候又叫她是拉拉心肝，反正两个叫法都很好笑的。

"你不准逃，逃得了今天，逃不掉明天。"何桑骂骂咧咧的。

香露拉着香咕她们赶紧回到大房间，把门紧紧地锁起来。

香咕拉拉香露的衣袖，说："我答应何桑了，我们还是打开门睡觉吧。"

香露说："你傻呀，开着门，半夜里她会来袭击我们的。"

胡马丽花也说："对呀，她说过要我们等着瞧，就是要报复我们的意思。"

香咕从门缝里往外张望，呀，真的呢，何桑怒气冲冲的，她咬着牙齿，双手握拳，急促地在客厅里走来走去，已经不像平时的何桑了，跟关在笼子里的狮子一样。

"她好像气疯了，"香露也过来看，还故意咚咚地砸了几下门板，想转移何桑的注意力，"她再这么走下去，关着门也不安全呀，想想，就像门外有猛兽，很吓人的呀。"

何桑听见了香露发出的声音，步子停顿了几秒钟，眼睛朝这边横了一横，随后又开始狠狠的了，像被围困住了，在客厅里来回打转。

"看来，这一次何桑是真发火了，香拉让何桑受委屈了。"胡马丽花说。

"但是不能全怪香拉，因为何桑平时为人不好，香拉知道她坏，所以少了八宝箱不会找别人，只认定是何桑干的。"香露说，"怪来怪去，还是要怪何桑自己呀。"

香咕想，何桑可能正因为这个伤心，愤怒，心里赌着一口气。

何桑一直这么跑来跑去，就是不停下来，这下香咕不敢开门了，因为何桑太厉害了，她担心打开门后表姐表妹会受到伤害和欺负。

香咕对何桑没有把握，不知道何桑会怎样。她想慢慢等着，等何桑平静下来，再把门打开，所以她守着那根绳子，慢慢睡着了。

黎明时分，香咕醒过来了，听听外面一点动静也没有，就想跑出去看看何桑。她悄悄地打开门，看到何桑坐在她们门口，垂着脑袋，伸着双腿，手里拿着紫眉毛红舌头的恐怖面具。

"呀！"小香咕吃了一惊，身体往后退。

可是何桑并没有扑过来，她的头一点，一点，已经睡着了，手腕上系着那根细绳子，在她的身边还放着一堆擦湿的餐巾纸。哎呀，哎呀，凶成这样的何桑有时候也会伤心成这种样子呢。

"喂，何桑，醒醒呀，睡在这里当心着凉。"香咕轻轻

推着她，可是何桑动也不动，像长在地上的小山坡。香咕没办法，只好找来一块小毯子给她披上。

香咕刚想离开，谁知何桑一下子坐直了，一把揪住香咕，另一只手举起面具扬着，说："吓死你这毒蘑菇不偿命。"

后来何桑看到落在地上的小毯子，才没有像刚开始那么激愤了。她说她浑身没有力气了，因为她一直守候在这里，想等香咕她们出来上洗手间，就这么像做苦工似的等到了后半夜，天都快亮了呀。

"你们真可恶，一个都不走出来，大概也猜到走出来有什么后果？"何桑很厉害地说，"不是吹的，谁半夜出来保证会吓破苦胆，苦胆不破，我何桑就不姓何了，可以打赌的呢。"

何桑一晚上没睡觉，看上去是一事无成，那天夜里她没吓着任何人，可事实上她也捞到了一些"收获"，只是得到的东西很糟糕：她本人因此生病了，开始发高烧，像老太太一样嘿吼、嘿吼地咳嗽，还说各种胡话，有时说胡话的时候还要加骂人的粗话。

她说："我劈死那说屁话的，谁生病就叫他妈滚蛋，屁滚尿流……"说话的时候她一直嘿吼、嘿吼个不停。

香露乘机提议说："快把何老板叫回来，让他来照顾何桑，他是爸爸呀。"

"就是呀，就是呀。"大家都说。

可是电话打过去，何老板说："我忙死了，走不开，也不是医生呀，回来也没有用的。"

"是呀，是呀。你不用赶来的，我们带她看医生去。"外公说。

外婆点点头，她很赞成外公的说法，说："我想也是呢，把何桑生病的事告诉他一下就行了。我们要守信呀，约定的十五天还没有到，最好不要打扰何老板。还是找马莎来，陪着何桑去医院看病。"

花蕾女孩和刺头女孩

马莎姨妈最近天天在小葵花福利院里做志愿者，她得到消息就跑来了，带着何桑去医院打针。回家的时候，她给何桑买来了肉松和蜂蜜，还有很多美味的小西点，什么大理石饼干、百香果奶酥、木瓜卷、椰香彩彩球。可是何桑碰也不碰，一口都不吃，也不说自己不喜欢西点，而是把它们全都装起来，收好。

接着，何桑让外婆给自己煮粥喝。外婆给她煮了小米粥，在里面放了糯米、麦片、玉米粒，还有红枣，还有莲心和百合，一点点冰糖。何桑指定要小香咕给自己端粥。

光是喝粥这么简单的事情，小香咕进进出出不知道有多少次了。何桑胃口大，喝了一碗又一碗，真的有好多碗，而且她还有各种要求，第一碗粥她要和三勺蜂蜜一起吃，第二碗粥，她要三勺子花生酱，第三碗粥她说还要添个咸鸭蛋的蛋黄，到了第四碗，她的口味又变了呢。

香咕等何桑喝完粥后，舒了一口气，好不容易完成了，她想好好地玩一会儿了。可是这时候何桑又开始大喊大叫，原来这个病人想吃水果了。

何桑还是指派小香咕给她弄水果拼盘，她一会儿想吃新疆香梨和红苹果，小香咕就给她削皮，一会儿她又想要吃蜜柚和绿苹果，小香咕只好又去给她剥柚子皮，去苹果皮。过了十分钟，何桑又想喝牛奶了，让小香咕一定要在牛奶里面放两勺蜂蜜、四片木瓜。

"这……"小香咕说，"好吧，你等着。"

香露见小香咕乒乒乓乓地又是一阵大忙，累得头昏了，走路都撞在大衣架上了，她看不过去了，张开双臂跳了一个"大大舞"，正好拦住香咕，说："停下，不要理何桑，她的病已经好了，从来没有看见病人能吃这么多的。"

"算你狠，香露，你见死不救，早晚要有报应的。我的病没好，我很虚弱的。"何桑说，然后开始嘿吼、嘿吼起来。

香咕看看何桑，说："没关系的，她生病了，爸爸妈妈都不在身边，我就对她好一点吧。"

香露叹口气，说："香咕，你真是逆来顺受。"

"就像寓言里的东郭先生。"胡马丽花也说。

"香咕一点都不好，是比大西瓜还大的大傻瓜。"小厉害精香拉说，"把家里好吃的都送给何桑吃掉了，我们家的钱就少了，对不对？"

接连两天，何桑干脆白天就不下床了，差使小香咕给自己端吃的，洗袜子，还要让香咕问外婆讨钱去买"营养品"。何桑要的营养品是白糖山楂、珍珠奶茶什么的。

外婆说："那不是营养品。"

见外婆不愿意给钱，何桑就问小香咕借钱，说等她爸爸回来后就可以归还香咕的，还要加上利息。

花蕾女孩和刺头女孩

香咕有些迟疑，她手头是有些大票面的钱，但是自从爸爸得病后她就舍不得花钱，打算把压岁钱和零花钱都存起来，给爸爸治病的。

何桑看出来了，就说："你不想借出来也可以，快去问你的马莎姨妈讨，这样我就不用还钱了，反正她是个大富婆，钱堆成山了，用不掉要发霉的。"

"才不是呢。"香咕说，她很爱马莎姨妈，所以不想连累这个又好看又好心的马莎姨妈，"不能找她的，钱都是胡骄姨夫管的。"

后来何桑问香咕借了九十元钱，让她去买营养品，还说："我就得吃这些营养品当夜宵，不然我会倒下的，肯定会累死的。你不知道吗？不让我睡觉就是害我呀，我连着几天，整晚上都不睡觉的。"

"谁不让你睡觉呢？"香咕问。

"就是你，还有你们一家人，"何桑很凶地说，"你们以为我是神仙呀，啊，你们叫我住这种垃圾间，我才不要呢。"

也是的，香咕发现何桑到了夜里就从床上爬起来，坐在客厅里看电视，放录像，擦自己的中号，困极了才倒在沙发上打瞌睡。她半夜里感到肚子饿了，要找这些"营养品"大吃一顿的。

小香咕只能用自己的钱去给何桑买"营养品"。何桑

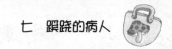

很高兴，满脸笑容，拿到就开始大吃起来，问也不问香咕垫了多少零用钱，只说："你再去多买点，好吃。"

香咕看自己的零花钱变成何桑的零食，感觉很心疼的，可是她还是乐观地想："让何桑的病快点好起来。这一段日子虽然称不上'美好的回忆'，但是好像也有好处，我变得能干多了。"

何桑的药吃完了，烧也退了下去，"营养品"吃了一肚子，可是她好像又得了别的毛病，无精打采的。她和刁莉莉煲了一会"电话粥"以后，拿了一盒餐巾纸，躲在拉岛间里猛擦眼泪。

"何桑，你怎么了？是头痛还是肚子痛呢？"香咕问道。

"你才痛呢，痛死拉倒。"何桑张口就骂人。

大家都看不过去了，说："何桑不讲理，香咕是在关心她，何桑不说哪里难过，谁知道她是哪里难过呀？"

何桑知道自己很失礼的，所以不吭气，只顾左右开弓地按自己的太阳穴，说："我要死了，浑身疼，浑身难受。"

香咕打电话去问刁莉莉，刁莉莉说："何桑身体好着呢，说在你们家享福了，想吃什么有什么，就像阔小姐生病，自己不用干活的，有免费的小仆人伺候呢。"

香咕听了这话很不开心，说："那么她还哭哭啼啼

的，说自己活不长了呀。"

刁莉莉说："是呀，她觉得孤单，活着没意思。何桑从医院回来的路上看到她妈妈了，她妈妈也不来招呼她，只顾陪她的小女儿逛公园去了。"

香咕相信这是何桑的心病，她记着何桑说梦话都是叫着："妈妈，妈妈，妈妈。"

虽然何桑对香咕很不友善，但是香咕知道何桑心里有沉重的疙瘩，还是暗暗地为她难过，想办法帮助她。

"不要盯着我看，"何桑说，"我头上又没有长角，看什么看呀。"

何桑这个人就是老跟人过不去，对自己的妈妈也不怎么样。何桑的妈妈早就不在何家住了，她与何桑的爸爸离婚后，自己开着一家理发店，离这里很近的。何桑的爸爸和妈妈像仇人一样，在路上见了面就要吵上一通。何桑一心向着她的爸爸何老板，见了她妈妈就从鼻子里哼一声，说："害人精。"

听说何桑的妈妈为了这个哭过不知多少次，后来她有了新的家庭，又生了一个女儿，算是何桑的小妹妹吧，现在她好像不哭了，眼泪也会流干的吧。

小香咕想来想去，跑到何桑妈妈开的理发店去了。理发店最好找，门面有转动的大灯管，像小飞碟，不停地转呀转，谁盯着它看，头都会晕起来呢。推开门，香咕立刻

闻到店里面有头发烧焦的气味，还有香得冲鼻子的发胶气味。

气味也就算了，地上有堆起来的碎头发，看着就感觉脖子那里被扎着了，痒痒的，还有些长头发是团起来的，一团一团的，好像鸟巢的模样。

理发店里有各种各样的剃刀和头儿尖尖的剪子，每一把刀剪都闪着银光，看上去很锋利，可不是闹着玩的，她都不敢仔细看它们。

香咕到处找何桑的妈妈，何桑的妈妈她见过一次，和何桑长得很像的，所以能认出来。这时，一个年轻的美发师阿姨迎上来，操着外地口音说："哪里来的小把戏，七转八转的，来，到我这块来。"

她以为香咕是来剪头发的，一把拉住她，麻利地在她的脖子里兜上白围单，问她要不要剪好看的童花头。

"不要剪呀，我不是来剪头发的。"香咕逃开了。

"那就不剪了，烫一烫最好看，烫得卷卷的，烫好了就像童星卷毛头，那个外国电影看过吗？我给你烫成蛋卷式的，呱呱叫呢，比她还要好看呀。"美发师阿姨笑着说。

香咕很不好意思，小脸又红又烫的，不由得逃得更快点，被抓去烫蛋卷头可不是闹着玩的。听刁莉莉说她烫过头发，可是烫到一半就逃出来了，因为烫头发的大罩子烫得太厉害，估计能把大红薯都烤熟了。

这时迎面走过来两个阿姨，嘻嘻哈哈的，脑袋上都顶着烫好的头发，硬邦邦的，像钢丝一样。还有一个阿姨，背对着香咕，正和美发师在拉家常："我家的老公最惬意了，家里什么事情我都不要他操心的，我们的同事都说他有眼力，找到了我。"

香咕从镜子里看，那人居然是小张舅妈，也就是香露的妈妈，她把头发烫得像炸开来的一盘菜，香咕想不通，她们都把头发烤得那么脆干什么？

小张舅妈也从镜子里看见香咕了，嘴里说："我这头发烫好后，脸就能小一圈了。"

香咕看她不答理自己，就想往外溜。

"你来，过来呀，"她看香咕，还说，"你来了？看看我这头发烫得怎么样？我是照着马莎的发型做的，像不像？"

"不像，"香咕说，"很不像呢。"

"说的什么呢，"小张舅妈还要问，"她的好还是我的好？说说呀。"

"这个，这个……"小香咕想说，马莎姨妈漂亮多了，就像仙女一样美丽出众，而那个小张舅妈老是想来和马莎姨妈攀比，可是，就算她穿马莎姨妈的衣服，烫差不多的发型，还是怎么学也学不像呀。

"说呀，大胆说，"小张舅妈说，"我的比她的漂亮

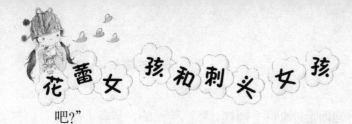

花蕾女孩和刺头女孩

吧?"

小香咕没有办法了,只好说:"你从镜子里看吧,看得最清楚呢。"

香咕躲过小张舅妈不识相的追问,也躲过美发师阿姨,还是闷头找何桑的妈妈。理发店的人很多的,可是香咕也不跟别人打听何桑的妈妈在哪里,因为她不知道怎么称呼何桑的妈妈,怕说错话了让别人笑话。

转了一圈,香咕终于找到了何桑的妈妈。她长得又高又大,皮肤白白的,眉毛粗粗的,但是脸上的表情温柔平和,没有何桑那么凶,装束还是很时髦的,头发梳得像扑克牌上的女王,她正站在烫头发的大罩子边上,柔声地招呼着客人。

香咕心里慌得不行,就怕被人一推,就被安排到大罩子底下去烤了。于是她也顾不得想好称呼何桑妈妈什么得体的话了,而是鼓足勇气,上前拉住何桑妈妈的衣服下摆,把何桑得病发烧的事情告诉她。

毕竟,何桑妈妈不是大街上不相识的人,听到何桑生病的消息,急得不行,问也不多问,马上跟着香咕赶过来了。

在半路上,何桑的妈妈给何桑买了一包小麻球和一包鸡仔饼,还有喝的果汁什么的,一只手提着袋子,另一只手拉着香咕,她的手又软和又滑溜,真像妈妈的手呢,让香咕觉得很温暖。她们一起上门来了。

正是下午，何桑刚刚睡醒，正坐在拉岛间里擦中号，她看见自己的妈妈来了，愣了一愣，赶紧一骨碌钻进被窝里，假装睡着，对妈妈不理不顾的。

何桑的妈妈对这样的女儿也没办法，也没有脾气，叹口气，吩咐何桑要好好吃药，好好歇着，又在何桑的床头上留了五十元钱和她的手机号码。

"谢谢你，好心的小姑娘。哪天阿桑和你一样乖就好了，我就不用成天担惊受怕的了。"何桑妈妈说着话，眼圈一红，差点哭出来。

香咕送她出门时，想起了自己的妈妈，心里难

过着，有点舍不得何桑妈妈走了，好像很依恋她，因为她的身上也有妈妈的影子呢，真想对她再好一点。

何桑见她妈妈走了，马上坐直了身子，跳起来，跑到窗前看她妈妈走出大楼，慢慢地远去。香咕挨着何桑，也往下看。两个人各有各的心事，也不爱说穿，都往心里揣着。

过了好久，何桑突然问香咕道："说，她怎么会来的？"

香咕含糊地说："你和你妈妈长得很像的，我一眼就认出她来了。"

"说错了，她是别人的妈妈，早就不是我的了，"何桑伤心地说，"不过，我觉得自己和她长得越来越像了，我一点都不像我老爸的，他太难看了，皮肤那么黑，是漆黑的，老黑皮，我可不想长得像他。"

"是呀，你妈妈长得很白净的，"香咕说，"她的手很软的。"

"多软呀？像软柿子一样呀？"何桑高兴些了，拍拍小香咕的肩膀，对香咕说，"毒蘑菇，你猜猜，她为什么买小麻球和鸡仔饼？"

"她没说，"香咕说，"可能是比较酥，比较脆。对了，我可不是毒蘑菇，你那么喜欢挂在嘴边，那就去当毒蘑菇吧。"

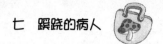

"告诉你又怎么样，那两样东西是我小时候最喜欢吃的点心。"

"真的？怪不得她看也不看别的点心。"小香咕说。

"怪事情，这点心的事情，到现在她还没有忘记……"何桑自言自语地说。

"妈妈怎么会忘记自己孩子的事情呢？"香咕说，"你妈妈很爱你的，我看出来了。你也爱她，常常梦见她吧，我听见你说梦话叫她的。"

何桑忽然一下子变脸了，怒声说道："闭嘴，不许说这个，她已经不是我妈妈了。我只有一个爸爸，没有别的亲人。你这毒蘑菇，别想看我的笑话。"

何桑还把她妈妈给的五十元钱和手机号都推在地上，香咕捡起来，可是何桑把手机号码抢去撕了，把钱夺去摔在地上，说："还给你，你这讨债鬼。"

香咕真是受不了何桑，她那样暴躁，不可理喻。看看，小香咕为她着想，对她那么好，可是何桑不领情，还说这样的冷言冷语。这个人为什么和别的人都不一样呢？

香咕的小玻璃瓶里的黄豆已经空了，被何桑倒进做豆浆的机器里了，可是香咕心里算得很清楚呢，她照样能在心里默默地数着：五天，六天……八天了……十天了。

终于到了第十五天了。

花蕾女孩和刺头女孩

十五天的漫长日子终于过去了，那天从早上起，香咕就眉飞色舞，好像要过节一样。因为何桑马上要走了，外婆给何桑的爸爸打过电话了，他说买好了机票，晚上保证到达。是呀，他说自己从来就是遵守诺言的人。

香咕开始打扫拉岛间，看来这种老是动荡、常要担惊的生活可以结束了。真好真好，一切都能回到原来的美好模样了。

那何桑也高兴着呢，一把把香拉抱住亲个不停，亲得香拉大叫："救命呀！"

她还使劲吹中号，说自己是在庆祝"解放"，不过，香咕也理解，马上要过年了，何桑盼望和自己的爸爸在一起过年，那样她的心情也会好一点。

香咕的外婆长长地松了一口气，她决定晚餐时做些好吃的，也算是一顿欢送饭。

外婆把这顿饭叫"高兴饭"，她说："何桑，你一定最开心吧，马上能见到你爸爸了。香咕、胡马丽花，你们也高兴吧，今晚可以住回拉岛间玩游戏了。这一阵，没好好睡，你们两个好像都瘦了，下巴尖尖的。"

何桑说："万岁，我可以不在垃圾间住了，马上有自己的床睡了。"

"小秧秧也该高兴了，可以回家跟大狗路易驹撒娇了。"香拉说。

"你外公最高兴呀，"外婆又接口说，"他比谁都高兴。"

"香咕的外公最高兴？为什么？他觉得我讨厌是吧？嫌我在这里吃闲饭对不对？"何桑连珠炮似的说。

"哪里呀，你想的什么呢？香咕的外公不是小气鬼，不然我就不会跟了他。因为家里多一个孩子，他感觉责任重大，怕出了什么事情，不好交代呀。"外婆说，"看看吧，这半个月，你们吵架他担心，何桑，你发烧他也焦心哪，我怕再这么下去，老头子会把心都操碎了呢。"

"操心操碎了好，没人赔，"何桑气愤地说，"老头子脑子拎不清，当我什么人哪，我好好的呢。"

外公说："这孩子，怎么这样说话呢，有话好好说会不会呀？"

"对不起，对不起，"何桑伸伸舌头，说，"我一不小心把心里想的全说出来了。不过说出来也很痛快的，反正我要走了，请不要再为我瞎操心，操心死了就是自己白白送死，还让别人开追悼会对不对……"

外婆说："你越说越不像话了，别说了。开口开不好，会把人都得罪光了。来，吃饭吧，我今天做的是'高兴饭'呀，也算是欢送何桑吧。"

香拉说："为什么要叫高兴饭，不叫不高兴饭呢？我真是想发火呢。"

外婆在饭桌上摆了四盘美味小菜，还有十种糕，都不同的呢，外婆说："看呀，这些糕多美，多喜庆呀。""糕"的谐音就是"高"呀，外婆讲究这些说法的。她喜滋滋的表情让大家高兴，香拉还欢呼呢。

那些糕真是又香又精致呀，外婆把它们放在不同的盘子里，盘子边上还配了精巧的胡萝卜和黄瓜雕的小花，多好多美，大家的眼睛都看不过来了，都问："这叫什么糕呀？"

外婆说："我要去煮一锅好吃的汤，放蟹肉丸子的。老头子，你跟她们说说。"

外公最知道外婆的心思，因为她是他的妻子，如果他不知道她的事情，外婆就会感到伤心的，说不定要换丈夫，这怎么行呢。

外公点着那些美味糕点介绍说："这是香气浓郁的椰汁糕，雪白的，吃起来奶油味特别重。看这咸的糕，糕里放了萝卜和火腿丁的，它叫萝卜糕。这是香甜的枣糕，这边是糯糯的南瓜糕。那边，红豆糕上撒着挂花的叫

桂花糖糕。那是绿豆糕，能吃到薄荷凉凉的味道。这是精致的定胜糕，包了一肚子豆沙。切成菱形的是发糕，圆的是黑米糕，最好吃的在这里，是豌豆蜜糖糕和苔条糍饭糕。还有一种是看不见的‘高’，是你们外婆，对，也是香露的奶奶的糕实在是高呀。”

“外公，你怎么说绕口令呀？”香拉说。

“我爷爷学会幽默了，像说相声。”香露说。

外婆在厨房里煮汤，可还是支着耳朵听大家说话，她感慨地说：“这老头子不是一般的老头，说得真好，难为他全都记住了。孩子们，开始品尝，欢送会开始吧，再晚，何老板要把何桑接走了。”

大家连忙吃起来。

“好刺德赖！”香露叫起来。

“真私人见妹为爷。”何桑说。

香拉说：“物摇多次点。”

“还游我你。”

“她们说的什么呀？”外婆跑出来问香咕，“我都听不懂了呢。”

香咕笑了，大家也笑了，因为那些糕太好吃了，她们吃了这种又要急急忙忙地吃那种，所以说话赞叹的时候，嘴巴里都是糯米糕，口齿也不清楚，不过，香咕听明白她们要说什么，她来给外婆当翻译。

香露是说："好吃得来。"何桑是说："真是人间美味呀。"香拉说："我要多吃点。"胡马丽花说："还有我呢。"

外婆听了大笑起来，很愉快地说："你们喜欢吃，我以后再做就是了。"

何桑留恋地说："唉，以后你再做好吃的，我就吃不到了。"

"吃得到的，"外婆说，"我可以送到你家去的。"

何桑听了，还不高兴了，说："我不可以来这里吃吗？我知道小香咕不欢迎我过来，还有香露。"

外公说："你怎么这么想？我倒想问一问，她们为什么不欢迎你呢？"

何桑说不上来了，只说："我觉得她们谁都比我开心。"

外婆说："好了，好了，我做了那么多糕，有十种呢，就是为了讨个口彩，让大家都高高兴兴，十全十美呀。"

不过外婆还是很喜欢何桑的，她找了一个饭盒，把好吃的糕装了好几块，说到时让何桑带走。晚饭后何桑开始整理东西，还把她的中号挪到门口放好。可是，何老板迟迟不露面。等到天完全黑下来了，他打来电话，说自己今天晚上肯定回不来了，开新店哪有这么容易呀。

外婆问："可是……你说说，到底还要几天？什么？你也说不上来？这……何桑呀，你来跟你爸爸说说话。"

何桑对她的爸爸说："你不回来了？随便，你就在那里忙吧，多赚点钱给我用用就行了呀。我在这里也吃不了什么亏的，对啦，我还给你赚回来好多西点，有大理石饼干，很贵的，你不要吃？是奶酪和巧克力做的，香哪，你流口水了吧？我还能天天练习中号。"

挂了电话后，外婆还没有把何老板的意思想明白，自言自语地说："他怎么能说不上回来的日子呢？"

外公说："我当时就有预感，觉得何老板两个十五天都回不来呢。"

"真是的，闹笑话了，"外婆嘀咕说，"这是什么欢送饭呀？"

何桑眨眨眼睛，不哭也不闹，说："那就叫欢迎饭吧，我刚来的时候，你们没有给我做欢迎饭，现在补上了呢，不过，如果你们觉得不想欢迎我，我明天就去外地找我爸爸。"

外公连忙和外婆交换眼神。

"何桑呀，你说得没错，你在我们家就是一个受欢迎的小客人。"外婆安慰她说，"在你爸爸回来之前，你哪里也别去，就住在我这里。"

何老板的失信让外婆很震惊，她暗暗伤心，觉得自己

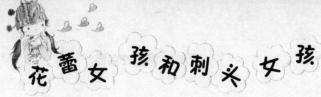

被辜负了。

外公说："打电话，马上打吧，我也想听听我们的亲朋好友是怎么看的。"

外婆说："好呀。"接着就把这件事情告诉马莎姨妈和马明舅舅，还有外婆的"小姐妹"赛仙婆婆和凤仙婆婆。

"他怎么能这样对待我们呢？全说好的。"外婆在电话里说。

香咕说："外公，你为什么非要知道亲戚们的看法呢？"

"是为了你外婆，"外公悄悄地说，"她遇上想不到的事情，不管是好的，还是不好的，都要跟那几个人说的，她把堵在心里的说出去后就好受了，平静下来，该怎么生活，还是怎么生活。不然的话，她会想不通的，不停地自言自语，心口也会痛起来的。"

"原来是这样。"香咕说。

"是呀，你外婆总是以为自己怎么对待别人，别人也会怎么对待自己。可是有的人不是那样的，他们只想着自己。"外公说，"我生气，他们怎么能对你外婆这样呢？"

好端端的欢送饭变成了欢迎饭，小香咕的心里凉凉的，酸酸的，盼了十五天，就盼到了这么一个结果，她心里想："何桑还要住下去呀，怎么办呀？"

"是呀，"香露也唉声叹气，说，"每天晚上还是不太平，她不要住拉岛间呀。"

胡马丽花本来没有想那么多，看见香咕和香露两个神情忧郁，也被深深地感染了，眉心打了个结，说："是呀，是呀。"

何桑倒是高兴起来，脸上发亮呢。虽然大家都觉得她的爸爸很无情，把她托在这里就不管了，眼看要过年了，也只顾生意，不怎么牵挂她的，可是她不这么看，她干吗要生自己爸爸的气呢？她心里不高兴，就要把气撒在香咕她们头上，现在，她看见香咕她们垂头丧气就觉得很解气的，认为是自己赢了。

"为了这个我也想大大地高兴一番呀，"何桑说，"哈哈，哈哈，哈哈哈！"

这时候小张舅妈跑来了，她刚刚听马明舅舅讲何桑的事情，连夜跑来发表言论，她说："何老板是故意的，怎么这样呢？明知自己一走就是几个月，还把孩子往这里送，让两位老人受累，唉，怎么会碰上这样的倒霉邻居呢？"

外婆说："还有什么可说的，既然接来了，就要对孩子负责呀。"

小张舅妈不满地说："真是让老古话说着了，迎客容易送客难哪。"

气 死

外公说："小声点，不要当着孩子的面说。"

"对呀，"外婆说，"孩子没有过错呀。"

"什么，什么，什么？"厉害的小张舅妈开始发飙，"何桑那孩子功课是差得不行，脾气臭得不行，香露成天和她在一起，学了她的坏榜样怎么办？何老板能负责呀？"

何桑就站在一边，把小张舅妈的话全听在耳朵里了，她气得很，又不好发火，知道把柄抓在人家手心里。何桑抱住了中号，只要

呜

呜

呜

小张舅妈一开口说话，她就吹中号，吹得很嘹亮，呜呜呜呜呜地响，把小张舅妈的声音全都盖住，只能看见她的两片嘴唇在吧嗒吧嗒动着。小张舅妈住口了，何桑的中号也马上停下来。

"何桑，你这小鬼头……"

呜呜呜呜呜。

"气死我……"

呜呜呜呜呜。

"不许吹……"

呜呜呜呜呜。

花蕾女孩和刺头女孩

小张舅妈可不是好惹的，是一个很泼辣的人，她气急了，什么也不说，把手里的杯子在桌面上顿了一顿，上前来夺何桑的中号，说："你什么意思？再这样无理，就给我走人，你也不是什么请来的贵客对不对？"

这下被骂到痛处了，何桑反倒跳起来，开始发飙，说："那好，我马上就走。"

她真的负气地打点行装，抱着中号，迈步出发，都已经拉住门把手，把门拉开，一股冬夜的冷风吹来，大家都默默地看着何桑。

何桑突然转过身来，说："再见，跟你们道别了。"

"何桑，那你去哪里住呀？"胡马丽花问。

"去流浪，到处流浪，也可以靠演奏中号挣钱养活自己呀。"何桑说。

外公话里有话，说："你能靠这演奏养活自己？你真那么想的？"

"对呀，你吹'都来蜜蜂'，人家不会给钱的，人家要觉得好听才会给你钱呢。"

"怎么也比在这里受气强呀。"何桑嘟哝道。

"对了，"小张舅妈说，"你可以去找你的亲妈，让她收养你。"

"休想，"何桑说，"我就住在小区的树上，明天所有的人都知道是你赶我出门的。"

"外面多冷呀，"外婆说，"何桑，不要出去，要是冻出病来，又要打针了。"

"不行呀，香咕的外婆，"何桑说，"您已经欢送过我了，就不要管我了。我也不想麻烦您家了，我决定走了。"

就这样，事情反过来了，一家人都七手八脚地把何桑按住，把她的行李抢下来，好像她是最金贵的客人，离了她别人就不行了。

何桑把头昂起来，非常骄傲地点着小张舅妈说："是你要我走的，对不对？"

小张舅妈觉得很没面子，她不想败给了何桑，不过，她也有办法，嘴里叫着："拦她干什么？让她走呀，看她还能翻天呢！"

可是，小张舅妈嘴上说得狠狠的，而行动上却没有说的那么硬气了，一边把门闩上，一边去扯过何桑的行李。

"拉什么拉？都放手！"何桑还横着呢，"不要强迫我在这里住呀！"

"你走呀，走呀，快点走。"小张舅妈把何桑的行李放到拉岛间，把衣物重新理出来，张罗着要挂到橱里去。

这下，何桑知道自己彻底赢了，她说："我要住在大房间，快把这地盘让给我，不然的话我就走了，到时候我

爸要问你们家要人，看你们怎么办，要赔一大笔钱，活活气死你们。"

　　"好，好，就让何桑住在大房间里。这个小鬼头，坏着呢。"小张舅妈一口答应下来。

花蕾女孩和刺头女孩

小张舅妈答应了何桑，所以何桑就大摇大摆起来，她像真正的主人一样，把"阿桑公馆"的字样贴过来，然后走进大房间，巡视一番，接着嘭地打开衣橱，看到香露挂在那里的一排行头，就一件一件地拉下来，装在一个旧纸盒里，嘴里还说："怎么穿这种妖里妖气的衣服，想做白骨精呀？"

"你想欺负人吗？"香露不服气地说，"把我的衣服弄皱了呀。"

"想呀，怎么能不想呢，我就想欺负欺负你们。"何桑得意地说。

"有约定的，"香咕说，"当心挨审判。"

"敢审判我？你们太幼稚了，真不是对手呀。"何桑说着，不慌不忙地把她的两件大外套、一条黑裤子都挂到大橱里，然后把她的宝贝中号也放进大橱去，先把这地盘占了去再说。

香露怀着一肚子的火气，跑去埋怨她的妈妈小张舅妈："都是你，都是你，烦死老百姓，谁让你答应何桑的？现在怎么办？大房间成了她的了，我们没地方住了。"

小张舅妈也对何桑窝着火，只是强压着，她压低声音偷偷地说："哼，要是我有何桑这样的女儿，要把她骂了又骂，天天就给她萝卜青菜，这小鬼头多刁蛮，没礼貌，心还毒呢，不知天高地厚，也不知道自己的身份。"

"可是你为什么要屈服呢？何桑凶，连你们大人都要让她几分，凭什么要让我们不凶的小孩吃亏呀？"香露愤愤不平。

小张舅妈说大话："急什么？我会教训这个小鬼头的。有她哭的时候，你们等着瞧，我有办法治她，我说话可是算数的。"

香露赌气地说："我不管，我不管，我们三个人被何桑赶到拉岛间去了，那里根本住不下的，今天晚上，我们只好学何桑的样子，一起住到树上去算了。"

"你去呀，去呀。"小张舅妈也不着急，她知道香露只是说说，不会怎样的，因为香露最要面子，与何桑不一样。

小张舅妈把这件事情交给外婆来办，自己跑了。外婆搬来棉被，想在地上铺一个地铺，可是只能在大房间的水床边搭起一个软软的地铺，要是拉岛间铺上地铺就没地方走路了。

何桑对大房间里放地铺很不满意，她假装在帮忙，趁外婆转过身的时候，用脚跟踩被褥，还故意在上面跳几下踢踏舞，气咻咻地说："让臭狗来住吧。"

香露领着香咕她们一起抗议何桑，可是何桑置之不理，还抱起中号呜呜呜呜地大吹一通。

可是奇怪的事情发生了：这时候何桑接到了一个电

花蕾女孩和刺头女孩

话，那个电话很长很长的，何桑一边听，一边点头，说："是，是，好的，好的。"

何桑接完这个电话后，主动要求把地铺拆掉了，邀请小香咕与她合住大水床，还说："你们去把那臭小猫抱回来吧，我不想再演奏中号给它听了，它又不懂音乐。我看把猫耳朵剪掉算了，反正长着也是白白长的。"

"你想把它弄回来，然后剪它的耳朵？"香露追问着，有点不放心。

"不会啦，不会啦，"何桑不耐烦地说，"我这么想想也犯法了吗？"

"可是，小香咕，你愿意和何桑一起住大水床吗？"香露说。

"我也不知道，"香咕说，"还是铺地铺好呀。"

何桑笑眯眯的，什么也没有说，反正自从接了这个电话后，何桑好像变了一个人，把那恐怖的面具也收了起来，还主动要和小香咕在大水床中间画一条三八线，说："和平了。"

香咕看着何桑，无法高兴起来，变得很不安，因为何桑从来不是这样太太平平的人。

香露拉着香咕到拉岛间，她们悄悄嘀咕，何桑到底接到了什么神秘电话？想来想去，也想不出谁有那么大的法道，能让大狮子变成小绵羊了。

"谁呀?"香露问,"是刁莉莉跟她煲电话粥吗?"

胡马丽花说:"不是,何桑和刁莉莉通电话,每次都说'好姐妹呀'的,现在她没有说。"

她们觉得很好奇,就跑到何桑跟前问个明白。

香露问:"何桑,刚才是你老爸来电话了?"

"他在外地开新店呢,没有时间,"何桑说,"他打电话来干什么?烦死了。"

胡马丽花说:"是你的老师吧?"

何桑说:"我们老师不会找我的,我给她起了三个外号,把她批给我的臭分数改掉了,她就生气了,真是的,老师怎么能生气呢?"

"一定是警察叔叔打来的。"香拉说。

"警察?警察?"何桑说,"警察找我干什么?天黑了,他们忙着巡逻呀。"

"他们说,不许动,你再坏,我就抓你,"香拉说,"所以你就想变好了。"

"假警察才那样吓唬人呢。我现在,有人巴结我呢。我何桑也能有今天呀!"何桑大笑起来,"是一个神秘人物给我来电话呢。"

何桑真的变得很友好,非要陪香咕她们玩游戏呢。香咕她们不想玩也不行,因为拗不过热情似火的何桑。她力气大呀,又是抱又是掮的,把香咕她们拉扯过来,都集中

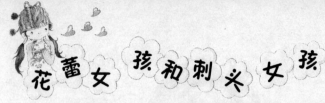

花蕾女孩和刺头女孩

在大房间里，然后找出来好几卷卷筒纸，她自己先示范，拉开纸，往自己头上身上一圈一圈地缠起来，最后又叫香拉帮忙将她的两只手也缠起来，只露出眼睛和嘴巴，这样她的身躯、头颅都卷在卷筒纸里面，成了一个巨大的白花花的茧。

香咕她们看着何桑成怪物了，大笑起来。香拉还很好奇呢，用小棍子去捅捅何桑，想看看何桑还在不在里面，谁知何桑使劲一挣，破壳而出呢。

"刚才我是做个样子，现在你们都要来玩。"她要把香咕她们都裹起来，说这是在玩"木乃伊归来"，而且说，"看看我多好，这样你们能感到很暖和，晚上睡觉的时候从被子里掉出来了也无所谓。"

"不对呀，"香咕说，"手脚都不能活动了，是没有好觉可以睡的。"

"试一试很有意思呀，我在做好人好事，帮你们保暖，如果你们喜欢冷，到时候我可以把你们这些木乃伊都放出来。"何桑笑嘻嘻的，很和气，"来吧，香拉，算你第一个。"

香拉见何桑这样，都不敢看她的脸，往后退着，还用毯子盖住自己的脑袋，嘴里叽里咕噜地说："这个何桑是假的，是木乃伊变的对不对？"

真是的，她变得不像何桑了，一眨眼工夫怎么就变成一个殷勤、热心，说话有点好玩的大姐姐？好像很不对头，从来没有过呀。

香拉又说："电视里有的，木乃伊把小孩圈起来，到时候就吃了小孩的脚指头，就像在吃脆皮肠。"

"好呀，"何桑说，"香拉，我吃别人的脚脚，不吃你的。"

胡马丽花抱住自己的两只脚，说："哎呀，哎呀，我的脚脚要走路的，不能给木乃伊吃掉的。"

香拉骂着何桑："你为什么不吃呀？把臭袜子也吃进去。你吃，你吃，胀死你这木乃伊。"

"我不吃你们，"何桑说："我还赏你们东西，把死人的腿加给你们几条，让你们像螃蟹一样走路。"

"不要呀，不要呀，"胡马丽花说，"我不要螃蟹那样的怪身材呀。"

"那好，我给你细的腿，让你变成蜘蛛，是母蜘蛛。"

胡马丽花哇哇叫，引来了外婆。

十花蕾公主来过招

花蕾女孩和刺头女孩

外婆来了，对何桑的事情她拿不准，所以就显得非常郑重，她再问何桑，说："你同意选一个小妹妹同住？是不是选小香咕？

"就是她，别人我就更受不了，"何桑嘟哝说，"女孩们总爱唧唧喳喳的，再说，有的女孩是打呼噜总统，有的女孩是说梦话大王，烦死人了。"

"你才是打呼噜总统，说梦话大王。"香露回敬说。

外婆说："好吧，好吧，不要说了，赶紧去睡吧。"

香咕眼看外婆要走了，委屈地说："外婆，你还没有问我是不是愿意呀。"

"哦，麻烦大了，香咕不愿意呀，"外婆自言自语地说，"愁死我了，我还以为香咕会同意的呢。这可怎么好？何老板要早点回来就好了。"

香咕说："外婆，不要发愁呀，我同意住在大房间里的。"

"那就好呀，"外婆说，"是啊，我是该问问你的想法的，怎么会漏掉了？"

香咕笑笑，说："我也喜欢您问我的意见，现在好了，外婆，没事情了。"

何桑在床上画的三八线，不在正中，她自己的那块地盘占了大半。香咕看她这样，就掉过头来睡了，用脊背对住何桑。可是香咕马上受到了挑战，何桑假装睡着，把脚伸过来，搁在她的腰上，把香咕当成搁脚的硬板凳了。

香咕往外一让，搬开了何桑沉重粗野的腿，可是过了一会儿，何桑又把冰冷的中号塞进香咕的被子里。

"你想干什么？"香咕说，"你起来，我们来吵架吧。"

何桑假装刚醒过来，说："呀，你怎么了？想偷走我的中号呀？"

接着她们坐在床上争吵起来，不过，两个人都压低着嗓音，香咕是不想吵醒劳累了一天的外婆，何桑呢，怕挨外公的批评，她很提防香咕的外公的，觉得他说话很厉害。

有了这个共同点，她们相互过招，各不相让，却一律用小嗓子，尽量不惊动别人。

这时候，发生了一件事情，房间里倏地一亮，像有个大灯泡亮起又暗了。

"是闪电。"香咕说。

接着，她们听到轰隆轰隆的雷声，很震耳的声音，像有千军万马从天上路过。起初她们谁都不说什么，很硬气地坐着，可是打雷声越来越响，闪电跑到床头边来了，房间里好像开了探照灯，忽明忽暗的，雷声也变得更古怪。这时候，从外面传来香拉的哭叫声和外婆在哄她的声音。

香咕一骨碌钻进了被窝，过了一会儿，她探起身看一看，发现何桑成了一只大鸵鸟，脑袋扎在枕头上，枕头两

头弯过来，捂上了她的大耳朵。

雷声停下后，何桑说："雷声痛快，痛快，你怎么害怕成这样呀？"

"才不是呢，我喜欢听风声，不喜欢听雷公公发脾气。"香咕说，"你也是吧？雷声并不美妙。"

"是呀是呀，"何桑说，"打雷虽然很过瘾，可是坏天气的时候我会想起伤心的事情。"

"我也是的，"香咕赞同地说，"只要想起来，心里就像有一颗伤心梅。"

她们不知不觉就把伤心的事情说了出来，香咕说到爸爸有病，她很舍不得，也很想念妈妈。何桑说得更多，说自己的小狗毛尾巴被有钱的太太认走了，变成小玛丽了，她一定要攒钱把它赎回来。何桑还伤心自己的爸爸太小气，赚了钱，一分一厘都存起来，从不肯为她买一双好的运动鞋。

她们说完伤心的事情后都睡熟了，因为把心里压着的石头搬走了。天亮的时候，胡马丽花过来，看见香咕还是两条腿，好好的，没有变成母蜘蛛或螃蟹，这才放心地舒出了一口气。

何桑就是何桑，虽然她变了，可还是很蛮横，一会儿撞人，一会儿推搡人，香咕不太习惯和何桑来往，何桑也一样，两个人中间好像隔着透明玻璃。可是无论如何，香咕想学会和何桑相处，妈妈说：香咕，打开你的心，去做勇敢的孩子。香咕想，世界上不是只有自己喜欢的人呀，要学会知道更多的人，也要打开自己的心吧。

快要过春节了，外婆家住的小区里办起了便民小集市，设了很多年货摊。外婆带香咕她们去买年货，何桑就陪在身边。何桑很会理财，知道阅读价格标签，知道寻找打折商品，还能保证找回来的钱准确无误，因为她帮她爸爸何老板管过烤鸭店的。

看见很多居民在设各种小摊，有的在卖自家做的烧卖，还有的把家里烧得最拿手的酱牛肉拿来卖，还有一些把家里多余的新被套什么的和别人调剂。何桑来劲了，马上把胡马丽花送她的爱猫人文具来拍卖，还搭上了香露送的手工，居然卖了四十元钱呢，把大家都看得愣住了。何桑很不情愿地把这钱交给小香咕，说："黑心蘑菇，我好不容易有了一些钱，就被你拿走了。"

"不要搞错，你是在还我的钱。"香咕说。

"我也可以不还你呀。哎呀，我的钱飞走了，我想多攒一点，可是又成穷光蛋了。"

何桑还想帮别人看店，说："打零工可以挣钱的。不如让我做生意，开烧鸭店呢。"

小张舅妈她们公司放假早，她也来逛小集市了，东看看，西摸摸，什么都嫌贵。她听见何桑在说怎么估算总成

花蕾女孩和刺头女孩

本，怎么计算店里每周的花费计划，进货要货比三家什么的，就说："哎呀，快闭嘴吧，说得头头是道有什么用？"

"你不信我会做生意呀？"何桑说，"你买鸭子来试试呀。"

小张舅妈也不说别的，第二天就买来一只带毛的鸭子，往何桑面前一放，让何桑来弄。何桑挽起袖子，又拔毛，又抹盐，一会儿工夫就把它做成了香喷喷的烧鸭。

"你可真是有本事呀！"小张舅妈赞叹着，"我今天晚上要请老同学吃饭，这就是一道体面的大菜呀。"

小张舅妈把何桑烧的鸭子带回自己家去了。第二天一早，她又赶来了，这一次，她买来四只肥胖的鸭子，说："不得了，我们老同学都说这烧鸭好吃，又嫩又鲜，让我帮着订购呢。我花了一百元买了四只大鸭子。何桑，你来帮个小忙，把它们煮得好吃些。我们试一试，能不能把烧好的鸭子卖个好价钱呢。"

"好，小菜一碟。"何桑豪迈地说。

何桑挽起袖子，又是拔毛，又是抹盐，忙活了半天，热得刘海都粘在额头上，把它们做成了香喷喷的烧鸭。小张舅妈把它们放在集市里去卖，一会儿就全光了，回来的时候小张舅妈满面红光，点一点钞票，发现已经有买八只鸭子的钱了。

"没想到会胜利吧？"小张舅妈说，"明天是小年夜了，我们再加油呀。"

小年夜这天，小张舅妈居然买来了八只肥鸭，这下，何桑忙不过来，让外婆和香咕都来当帮手。到晚上，鸭子全都卖出去了，小张舅妈数着钱，尖叫起来："啊哈！我收到了四百三十元，可以买十七只鸭子啦！"

"可是，我们一口都没有尝到呢。"香拉嘀咕说。

"有两只母鸭子，肚子里有蛋的，把那些蛋烧给你们吃，还有鸭肠子。"

"救命呀，我们可不要吃！"胡马丽花叫道。

小张舅妈把卖烧鸭的钱全部装进了口袋里，何桑鼓起勇气问小张舅妈："你还没有给我工钱，怎么不奖励呀？"

"当然有啦，是

花蕾女孩和刺头女孩

大大的奖励。"小张舅妈给了何桑十元钱，然后捂住口袋，再也不想松手了。看来如果何桑不开口的话，她只想对何桑说些表扬的好话，别的什么也不给。小张舅妈还说："我知道，何桑最有眼光了，她不是为了钱，而是为了学会做生意对不对呀？所以我给了她这个好机会。"

何桑很生气，又不好发作，脸都变成紫色的，像大茄子。到了晚上，她越想越气，开始朝香咕撒气，把脚越过三八线来踢香咕，还在嘴里骂骂咧咧，说："骗子，大骗子加上小气鬼，是你们家的臭亲戚呀。"

"你别对我说这些呀，"香咕说，"我也觉得小张舅妈很过分，不公平。"

"是啦。"何桑抱怨说自己苦干了一场，除了十元钱，什么也没得到，很窝火呀。她觉得小张舅妈是故意在捉弄她，治她。

大年夜的清早，大家还在熟睡呢，小张舅妈一口气跑来了，这下大家谁也别想再安定，因为她同时还带来了一个卖鸭子的小贩，那个人跑进客厅，放下背着的大麻袋，倒出一大堆鸭子，都堆成小山了呢。

两个人还哇啦哇啦地讨价还价。

小张舅妈大声数着："一只鸭，两只鸭，三只、四只、五只鸭……是十五只？你优惠点，按十三只算钱，什么，按十五只算？就减一点零头？抢钱呀？按十四只算还差不多呢。”

小张舅妈把十五只鸭子都买下来，可是何桑罢工了，推说自己脑袋疼，用被子蒙住脑袋。小张舅妈急了，不过她也有办法，不露声色地从嘴里不断冒出些好听的话来："看看，何桑多能干，多勤劳，香咕她们哪个也比不上呀。来吧，来吧。"

何桑只能起床了，她还是很喜欢听好话的，可是她干活不卖力了呀，拔几下毛就停手了，还把鸭头捏住，让鸭子的扁嘴巴一张一合，做出在说话的样子，她掐着嗓子来为它配音，说："抗议，抗议拔我的毛，刮我的皮呀。"

"快干活呀，"小张舅妈说，"你怎么了？我刚刚还夸你能干哩。"

"我不知道，"何桑说，"鸭子要抗议，我也没有办法。"

"别糊弄人。"小张舅妈是个聪明又好胜的人，她常常喜欢说马明舅舅有眼光，意思就是说，谁娶了自己做妻子，就是一件最英明的事情。小张舅妈一向爱贪小便宜，贪了还不承认，到处说自己如果和马莎姨妈一样有钱的话，会很潇洒，很大方，看见亲朋好友，就把钱塞在他们口袋里。

她拉着何桑洗鸭子、拔毛，可是何桑就开小差，慢慢地玩起来，她摆弄鸭子，假装它们在练习跳芭蕾舞《天鹅

湖》。香咕她们觉得很好玩，就一起过来玩，让鸭子们摆出可笑的舞蹈姿势。

"想捣乱呀?"小张舅妈把香咕她们赶走，说，"小鬼头，快走开，何桑要干活了。"

可是，何桑又开始拔鸭毛来做毽子。

面对着那一堆带着毛的鸭子，小张舅妈气急败坏，都没有办法来收场，只好自己来拔毛。她做这些，远远不如何桑，手忙脚乱了好久，结果才洗了两只鸭子，而且还出大洋相了，鸭毛都粘在鬓角上。

"干这活很辛苦呀。"香咕说。

"这小鬼头会说话，"小张舅妈说，"没办法，苦死了呀。"

"请多给何桑一点奖励吧。"小香咕恳求说。

小张舅妈就是不想给何桑奖励，说："钱给过了，要给只有表扬。"

香咕帮何桑说话，劝小张舅妈应该把赚到的钱多分一点给何桑，这样才公平。香露，还有胡马丽花、香拉是一条心，都唧唧喳喳地发表意见。

"不给，"小张舅妈斩钉截铁地说，"小鬼头，想造反呀?"

香咕带头把小张舅妈的鸭子藏起来一只，小张舅妈来找，香露她们就把另外几只藏起来了。她们串通在一起，

小张舅妈对她们也没有办法，数来数去，只找到十一只鸭子，还有四只鸭子不见了，失踪了。

"鸭子给何桑，鸭子给何桑，"香咕她们说，"要公平，要公平。"

最后，小张舅妈终于答应把那四只鸭子归何桑，不过还要何桑帮她把其他的鸭子也都洗好、煮好，保证卖掉。

何桑很高兴，开始迅速地洗鸭子、煮鸭子，结果鸭子很快就卖光了，因为香咕她们都在帮忙，大家听说这烧鸭是孩子煮的，都觉得特别不容易。

何桑看到香咕是真心对自己好，很感动，说："毒蘑菇，你很公正的。"

大年夜，都开始吃年夜饭了，何老板才风尘仆仆地赶回来了，何桑很高兴，马上把自己藏着的大理石饼干什么的给自己的老爸吃。

何桑临走的时候，还和小香咕道别。这时，新年的钟声马上要响起来了，香咕觉得有些话她不想留到第二年了。她让何桑每天晚上少吃点东西，临睡的时候喝几口水，还有中号不要压着胸口，另外她还祝福何桑快乐起来。

"好，好，好好好。"

何桑说着，好像是听得进去了。

新年里，小香咕到小路沙沙那里去散步，忽然听到呜呜呜呜的中号声，不由得笑了一笑。后来她回家吃饭，吃完饭，带大狗路易驹出去散步，听到何桑还在吹中号。香咕想，何桑找到吹中号的诀窍了？铜管乐器只要吹得顺了，一口气吹两三个小时也不觉得累吗？

这时候，香咕看到了何桑的妈妈，她低着头，慢慢地从那幢破旧的房子里走出来。

"您好，何桑的妈妈。"香咕说。

何桑的妈妈看见香咕，眼圈就红了，说过年了，她想把何桑接去住几天，可是被何桑的爸爸关在门外面，不让她们母女见面。她难过地说："他为什么还那么恨我？"

香咕很难过，她告诉何桑妈妈，何桑其实很想念她，说梦话都叫她。

何桑的妈妈听了，一边哭，一边又折回去，堵在何桑家门口等着何桑。

这一次何桑的妈妈没有接到何桑。谁知何桑看到妈妈想来接她，心里感到很温暖，到了年初四，何桑找到香咕，让香咕代她去她妈的新家看看，再抱抱小妹妹，好像有所改变，对自己的妈妈有了感情。

可是很快何桑知道香咕告诉妈妈，关于她晚上说梦话叫"妈妈"的事情，她非常生气："这毒蘑菇是故意的。"

"我不是这个意思，"香咕解释说，"我是想让你们能团聚。"

"哼。"

何桑画了一张"香咕的照片",当着香咕的面把"照片"烧了,还恶狠狠地说:"让你去火葬。"

香咕看见何桑把同情当成侮辱,也很不高兴,她不知道为什么两个人之间都是刺。人和人真是很不同呀。

这时候又传来一个消息,何桑到处炫耀,说香咕的马莎姨妈为自己买了名牌鞋。原来,当时给何桑打电话的是马莎姨妈,她让何桑好好的,并且答应为何桑实现一个小心愿。

马上开学了,要上课了,何桑穿上新的名牌鞋,神气活现,小刀藏在口袋里,还是照样踢人、骂人。开学前一天,她一脚把男孩车大鹏踢倒了,他的脑袋在石头上磕出了血。

何桑的爸爸没法不露面了,垂头丧气地去车家道歉,还赔了钱。那一次,何桑的爸爸急了,说自己养了阿桑这样的孩子完蛋了,没有指望了。他还拉着马莎姨妈说心里话:"你说,像我们这样家庭的女孩怎么办?"

马莎姨妈说自己也是觉得何桑不容易,缺少母爱,才答应何桑的要求的,可是何桑实现小心愿后,还是老样子,没有改变呀。

何桑的爸爸说:"我老早就想,孩子还是凶一点好,不要做小羊,被狼吃掉,可是阿桑后来做了狮子,什么都吃，到处在咬，那不是急死人呀？"

那一次，何桑的爸爸又让香咕与何桑做朋友，说阿桑最佩服小香咕，说还小香咕是花蕾女孩，老是被人看重的，爱着的。

后来，很多人都叫香咕是花蕾女孩，叫何桑是刺头女孩。大家都知道何桑很在乎香咕，只是从来不明说的，她碰上什么事情，才会说一句："不能让小香咕看我的笑话。"

图书在版编目（CIP）数据

花蕾女孩和刺头女孩/秦文君著. —南宁:接力出版社,2009.1
（小香咕新传）
ISBN 978-7-5448-0631-2

I.花…　II.秦…　III.儿童文学-长篇小说-中国-当代　IV.I287.45

中国版本图书馆 CIP 数据核字（2008）第 202135 号

总策划：白　冰　黄　俭　黄集伟　郭树坤
责任编辑：陈　邕
美术编辑：卢　强　插图：王　静　责任校对：刘会乔
责任监印：刘　签　媒介主理：常晓武

社长：黄　俭　　总编辑：白　冰
出版发行：接力出版社
社址：广西南宁市园湖南路 9 号　　邮编：530022
电话：0771-5863339（发行部）　　010-65545240（发行部）
传真：0771-5863291（发行部）　　010-65545210（发行部）
网址：http://www.jielibeijing.com　　http://www.jielibook.com
E-mail:jielipub@public.nn.gx.cn

经销：新华书店

印制：河北省三河市和达印务有限公司
开本：850 毫米×1168 毫米　　1/32
印张：4.375　字数：85 千字
版次：2009 年 1 月第 1 版　印次：2009 年 1 月第 1 次印刷
印数：00 001—25 000 册
定价：12.00 元
